若旦那のひざまくら

坂井希久子

双葉文庫

若旦那のひざまくら

一

長谷川芹（はせがわせり）は緊張していた。

ピアノの発表会、盲腸の手術、けっきょく渡せなかったバレンタインチョコ、ハイジャンプの関東大会、何度かの受験と就職面接、バイヤーになって初めての、パリでの商談。

この世に生を受けて三十八年、ピンチもチャンスもそれなりに経験してきたつもりだが、これほど頭の中が真っ白になったことはついぞなかった気がする。

「こちら、長谷川芹さん。東京の船越デパートにお勤めで、僕が催事で行ってたときに、ようしてもろてん」

柔らかなイントネーションで馴（な）れ初（そ）めを語る充（みつる）の話も、まるで他人事（ひとごと）のように聞こえた。

螺鈿（らでん）細工を施した年代物らしき座卓の向こう側では、年輩の夫婦が決まり悪そうに、時折こちらに流し目をくれる。女性のほうの、やや下膨れな輪郭が充にそっくりなのはさすがに親子だ。父親からは耳の形を受け継いだようで、どちらも立派な福耳である。

床の間には掛け軸と壺が飾られているが、芹には価値が分からない。百貨店のバイヤーとして、感性を養うために西洋絵画ならそれなりに見てきたつもりだが、和モノはさっぱりだった。

はたしてこの土地で、そのような言い訳が通用するものか。

休日とあって、充の父親はポロシャツにジャケットを羽織っただけの軽装だが、母親は隙のない和服姿である。淡いグレーの着物に、光沢のあるシルバーの帯。知識がないので、「上品な着こなし」という漠然とした感想しか抱けない。

光の加減によって微かに桜色の曲線が浮かび上がるその帯は、自社商品なのだろうか。話の接ぎ穂として聞ければいいのだが、無知を露呈するだけになってしまいそうで躊躇われる。

「はぁ、それはそれは。遠いとこからようお越しやした」

母親が目を細め、芹に微笑みかけてきた。たしかに笑っているのだが、酸っぱいものを食べたようにも見える顔だ。なにかに似ていると思うものの、次の質問に思考が遮られる。

「京都は初めて?」

「あ、いえ。仕事で何度か。山科（やましな）に取引のある工房がありまして」

「そう、ほな京都は初めてさんやね」

芹は目を大きく瞬（また）いた。話が通じない。京都には何度か来ていると答えたつもりだったのだが。

山科は京都市山科区。れっきとした京都である。

「いえ、あの――」

訂正しようと口を開きかけたところで、隣に座る充の手が伸びてきて、膝をぽんぽんと叩かれた。これ以上追及するなということだろう。腑に落ちないが口から出かけた言葉を飲み込んで、商談で培った作り笑顔を貼りつける。

「町家の中にお邪魔したのは初めてです。趣があって、素敵ですね」

これは素直な感想だ。いわゆる鰻（うなぎ）の寝床。玄関から続く細長い土間を通り、客間へと案内されたが、まださらに奥行きがある。雪見障子のガラス越しに見える坪庭は庭石も灯籠（とうろう）も苔（こけ）むして、小さな梅の木がちょうど花をつけていた。

二月のこの時期土間は底冷えがしそうだし、古い家は維持も大変だろう。それでも手入れの行き届いた様子には、代々大切に住み継いできた者たちの気概が見えた。柱や調度品の一つ一つにまで、魂がこもっていそうである。

「それはおおきに。そやけど御維新（ごいしん）後すぐ建て直したものやし、使い勝手が悪うてねえ」

「はぁ、御維新」

「このへん一帯、『どんどん焼け』で焼けてしまいましたやろ？」

聞き慣れない言葉が出てきて、芹は軽く首を傾げる。助け舟は充から出された。

「蛤御門の変のことや」

「ああ、なるほど」

頷いたものの、いまいちピンとこない。はるか昔に歴史の授業で習った記憶があるだけだ。

自宅の話題から幕末史にまで話が及ぶとは、さすが京都西陣。底知れぬ恐ろしさがある。

これが世間一般の家庭であれば、芹の緊張も少しはほぐれたことだろう。だがしょうがない。惚れた男がよりにもよって、西陣織の老舗の一人息子だったのだから。

京都のぶぶ漬け、逆さ箒。この地に馴染みはなくともそういった「イケズ」があるらしいとは噂に聞いて知っている。

出されたお茶は飲んでいいんだよね？

芹は恐る恐る湯呑を手に取り、ぬるくなった茶を啜った。

冬とは思えないほど喉が渇いている。長袖のワンピースの腋にも、汗の湿り気が感じ取れた。

「おたくはなにか、東京でご商売してはるの？」

それまで腕を組み、やり取りを見守っていた父親が、その姿勢のままふいに口を開いた。

百貨店勤務だとさっき充が言ったはずだが、聞いていなかったのだろうか。と考えて、「おたく」が芹個人を指しているわけじゃないと悟る。

「実家は東京ではなく、千葉の茂原市です。父は、といっても再婚しているので義理の父にあたりますが、メーカー勤務のサラリーマンで、母は自宅で手芸教室を開いております」

背筋を伸ばし、やけにハキハキと応じる。面接じゃあるまいにと自分でも思うが、相手の値踏みするような視線に、つい反応してしまった。

父親もまた態度の悪い面接官のように、「ふぅん」と生返事をしてくる。

可愛げがないと思われただろうか。数少ない過去の恋人たちにも、よく指摘されてきたことだ。もっと言いかたがあるだろうとか、隙がなくて疲れるとか、少しは俺を立てろだとか。それでも好感度の高いゆるふわ系になんて、どうやったらなれるのか分からない。

芹が黙り込んでしまったのを見て、充が軽く咳払いをする。自分の父母とはいえ、多少は気構えているのだろう。いつも鷹揚な彼らしくなく、表情が硬い。居住まいを正し、頭を下げた。

「ともあれお父さん、お母さん。僕はこの人と結婚しよと思てますんで、そのつもりでよろしくお願いします」

「は、はい。お願いします」

慌てて芹も後に続く。このまま永遠に頭を上げたくない気分だ。充の両親の反応を見るのが怖かった。

「嫌やわぁ、そんなんされたら。お顔、上げはって」

母親のにこやかな声に、ほっと安堵の息をつく。お母さんはどうやら好意的だ。問題は――。

ゆっくり顔を上げると、父親がやはり腕を組んだまま、こちらに視線を注いでいた。生え際の後退した額が蛍光灯の明かりを受けてつるりと輝き、笑えばそれなりに愛嬌もあろうに、その口元は引き結ばれたままである。自らの男ウケの悪さを自覚している芹は、思わず肩を強張らせた。

「失礼やけど、あんたおいくつや？」

ああ、最も恐れていた質問がきた。けれどもこの問題は、決して避けては通れない。

「三十八、です」

ちなみにあと三ヵ月ほどで三十九になるのだが、余計な情報はつけ加えないことにする。満年齢だけを正直に答えた。

「なんや、ほなうちの倅とはひと回りも違うのんか」

「いいえ。十一歳差です」

訂正したところで、芹がかなり年上だということに違いはない。父親はますます難しい顔になる。

「年上やろとは思てたけど、まさかそこまでとはなぁ」

年齢ばかりは努力で削れるものでもなく、すみませんと身を縮める。女性が上の歳の差婚はこのごろ珍しくもないが、親世代には抵抗のある人もいるだろう。

「ちょっと、お父さん」

母親がやんわりと窘める。こちらはやはり、味方と思っていいのだろうか。父親は、眉間の皺をいっそう深くした。

「そうはゆうても嘉永三年から続く板倉織物が、充の代で終いになってしもたらご先祖様に顔向けできひんやろ」

嘉永？　それって西暦に直すと何年だ。

いや、そんなことよりも、耳慣れぬ京都弁のせいでダイレクトに伝わってこなかったが、ずいぶんな発言をされた気がする。

つまり充の父親は、跡継ぎの心配をしているのだ。そして芹の年齢では、出産は難しいのではないかと言いたいのだ。

瞬間的にこめかみが沸く。なんて時代錯誤なおっさんだ。頭の中身も嘉永とやらで止まっているんじゃなかろうか。

憤りのおかげで腹が据わった。父親をまっすぐに見返して、反論しようと口を開きかける。だがそれより先に、膝に置いた手を充に握り込まれた。

「そんな心配せいでも、若い子もろたかて、できひんときはできひんやろし。こればっかりは授かりもんやしな」

おや、珍しい。芹は充の横顔をそっと窺う。一見なんでもないように笑っているが、言葉の端々に険がある。つき合ってまだ七ヵ月とはいえ、彼が機嫌を損ねているところを初めて見た。驚きのあまり、怒りもどこかに引っ込んでしまう。

そっか、ちゃんと私のために怒ってくれるんだ。

頼もしくて嬉しくて、恋人の手を握り返す。肉厚で、温かい。

「せやわ、今どきそんなん言わはったらセクハラになりますえ。うちの人が無体を言うて、すんまへんねぇ」

不穏な気配を察したか、母親がすかさず間に入る。慇懃に頭を下げられて、芹は「いえ、そんな」とかえって焦った。

物腰が柔らかく、低姿勢。母親は微笑みを浮かべたまま、困ったように首を傾げた。

「せやけど、西陣ゆうのはここに根ざして何百年ゆう人がようけいやはるところやから、東京の人には慣れへんことが多いと思いますけどなぁ」

「いえ、ですから東京ではなく千葉の――」

「はぁ、まぁどっちも似たようなもんですやろ」

東京の人間が聞けば憤慨しそうなことをさらりと言って、母親は三日月形の目をさらに細める。

「うちの子を気に入ってくれはったんは嬉しいけど、わざわざそんな苦労はせいでもええのと違います?」

ああ、間違えた。この人はちっとも、味方なんかじゃない。

芹を気遣う体でいて、けっきょくのところ息子との結婚には反対なのだ。

私のことが気に入らないなら、いっそのことそう言ってしまえばいいのに。

その目がなにに似ているのか、ようやく思い当たった。

子供のころ持っていたイソップ童話の絵本の、挿絵に描かれていた狐だ。

「あたし、やっぱりそのお母さまのおっしゃるとおりだと思うわ」

そう言って、片桐エリカがしみじみと首を振る。二人で着物を着ている途中だが、エリカは帯枕の紐を結んだところで手を休めている。紫地に百花を散らしたアンティークの着物が、小柄な体によく似合っていた。

「信じられない。それが親友に向かって言うこと?」

芹は両手を腰の後ろに回したままの、不自然な体勢でエリカを睨みつける。首を捻った拍子に脇腹が攣りそうになり、思わず「うっ」と息を詰めた。

「だってアンタ、全然背中に手が届いてないじゃん」

「うん、ホントびっくり。痛くて腕が上がらない」

高校時代からの友人に、着物の着付けを習っているところである。

充の両親からろくに相手にされず、尻尾を巻いて東京に逃げ帰ってから、はや一ヵ月。

芹は大いに反省していた。あまりにも、敵のことを知らなすぎた。

たとえば仕事でも、店の客層とニーズを把握していなければ売り場など作れないし、攻め落としたいメーカーがあれば、その背景を知らずに商談に臨むなどありえない。企画書を作りもせず自分の案を採用してくれとごねているようなもので、追い返されても無理はなかった。

だから芹はひとまず西陣織とはどういうものか、呉服部のスタッフを捉まえてレクチャーしてもらい、「板倉織物」のホームページから会社情報を頭に叩き込んだ。

そして西陣の織屋の嫁候補たるもの、着物くらいは一人でピシッと着られねば示しがつかないと思い立ったのである。

はじめはテレビCMでよく目にする、受講料無料の着付け教室に通うつもりでいた。

だがエリカに相談してみると、間髪（かんはつ）を容（い）れず「やめときな」と返ってきた。

「無料（タダ）ほど高いものはない。あそこ、セミナーを謳（うた）った販売会で数十万の着物や帯を買わせるって有名よ」

購入は強制ではないが、売り上げが悪いと講師がその分を被（かぶ）ることになるので、買わせようと必死らしい。受講料を取らない代わりに他で収益を上げなければいけないのだから、言われてみれば当然のからくりである。

「有料の教室でもさ、大手だと自社開発の補助器具を買わされたりして、それが全然使えないんだよねぇ。そもそも初級コースすら週一で三、四ヵ月通わなきゃいけないけど、そんな時間の余裕あるの？」

たかだか「着るもの」を着られるようになるのに、三、四ヵ月。しかも礼装に結ぶ袋帯は、初級では教えてくれない教室も多いという。

普通はそのくらいの期間講座に通えば、仕事に役立つなんらかの資格が取れるというのに。無料着付け教室の件といい、日本の女たちの大半が着物を着られない理由が分かった気がした。

芹だって、これまで着物にまったく興味がなかったわけではない。実母に負担をかけたくなくて、成人式も大学の卒業式もスーツで通したものの、いつだって憧れはあったのだ。

だが着てみたいと思ったところで、はじめになにを揃えればいいのか、そんなことすら分からない。それを教えてくれるはずの教室は生徒からお金をむしり取ることしか考えていないというのだから、着物人口が増えないのも道理である。

「芹の場合は、ただ着られればいいわけじゃないでしょ。向こうのお母さまを唸らせるくらいじゃないと。しょうがないから、あたしが短期間でビシバシ鍛えてあげる」

そんなわけで、本当に容赦なく鍛えられている。

三月に入って芹が百貨店を退職したのをいいことに、エリカの休みの日には目黒にある彼女の部屋で、朝から晩までみっちりと着付けを教わる。二回目の今日は、名古屋帯でのお太鼓結びに挑戦である。

前回はまず着物を綺麗に着られるようになろうということで、半幅帯という、ごくカジュアルなもので練習していた。浴衣にも用いられる細幅の帯で、これは前で結んで形を作ってから、くるりと背中に回せばよかった。

名古屋帯は基本的に、帯の形を最初から最後まで背中で作る。いわゆるお太鼓部分を背中に背負う段階になって、まさか腕が上がらないとは思ってもみなかった。

「イタタタ。ちょっと、無理に引っ張らないでよ」

「なんでよ。ハイジャンプやってたころはあんなに柔軟だったじゃない」

「高校卒業以来やってないの」

「あ、でも腰はまだけっこう反るね。ほらそのまま、背中から迎えに行っちゃって。そう！　そしてすかさず帯枕の紐を前に回して、結ぶ！」

エリカの指示どおり、上体を反らしてどうにか帯を背中にくりつける。こめかみに汗が滲んできたので、頼んでエアコンを止めてもらった。

着物を着るには、かなりの体力がいる。慣れれば違うのかもしれないが、肩回りを動かすことが多く、芹は初日から筋肉痛に襲われた。

それでもエリカは何度でもやり直しを命じるし、日が暮れると着物姿のままで食事に繰り出そうとする。外に出られる程度には着られないと恥ずかしいので、芹も必死だ。

「あれっ、帯締めこの先どうすんの？　ごめん、もう一回」

「いいよ。左を上にして結ぶでしょ。それで右に来たほうを折り返して、その輪にもう片方を通す」

「なんか、団子結びみたいになっちゃうんだけど」

「なんでよ。ちゃんと手元見なさいよ」

元来芹は手先が不器用である。こまごまとした作業より、動き回っているほうが性に合う。

けれどもこればっかりは、向いていないからといって投げ出すわけにはいかなかった。

肉の焼ける香ばしい匂いが充満している。炭火に炙られた脂がじゅわじゅわと表面で爆ぜ、いかにも旨そうなビジュアルだ。

個室のある高級焼肉のチェーン店。お礼に奢ると言ったら、ずいぶんふっかけられてしまった。

「なに、もう食べないの？」

エリカがほどよく焼けたカルビと白飯を頬張りながら尋ねてくる。芹は帯の上から腹を撫で、悄然と頷いた。

「うん、ちょっと苦しくて」

「締めすぎなんだって。あ、すみません。上ハラミとミノ追加で。あとカクテキと生ひとつ」

ああ、せっかくの高級焼肉が。エリカも同じように着物を着ているというのに、どうしてそんなに入るのだろう。そういえば以前ケーキビュッフェに行ったときも着物だったが、あきらかに芹より食べていた。

さすがに焼肉は着物に匂いが移るからやめたほうがいいんじゃないかとも思ったが、

エリカは「陰干ししとけばいいって」と平気な顔をしている。芹が着ているのは練習用のポリエステルで自宅でも洗えるが、エリカの着物は戦前の正絹だった。四十手前には見えない可愛らしい顔とは裏腹に、相変わらず豪胆だ。

そんなエリカの本業はSEである。普段はオフィスで浮かない服装を心がけているそうだが、週末は大好きな着物で過ごす。

昔は道行く人が振り返るほどのゴスロリファッションだったというのに、二十代半ばにアンティーク着物と出会い、そしてハマった。着物業界では昭和初期以前に作られたものを、アンティークと呼ぶそうだ。現代物よりデザインや色使いが奇抜で、「ゴスロリとは親和性があるんだよね」とのことである。

「着物が苦しいなんて、大きな誤解よ。たとえば洋服はさ、服に体を合わせなきゃいけないの。ウエストが三センチ太くなったら手持ちのパンツ穿けないでしょ。でも着物はね、女の体にそっと寄り添ってくれるのよ。まるでもう一枚の皮膚みたいにね」

着物で海外旅行までしてしまうエリカが言うと、説得力がある。少なくとも足元が草履だと、外反母趾にはならなそうだ。十六年間パンプスで働き続けた芹の足は、親指のつけ根が見事に出っ張っていた。

それにしても人に無理をさせず、そっと寄り添ってくれるなんて、まるで充みたいだ。生まれたときから着物が身近にある環境だから、そういう人に育ったのだろうか。充の両親を見るかぎり、あまり関係はなさそうだが。

「なんか、スケベな顔してるね」

「してない。充のこと考えてただけ」

エリカの指摘に、慌てて頬を引き締める。つき合いの長い女友達はまことに目ざとい。

「惚れてるねぇ」

「うん、自分でもびっくりしてる」

「うわ、今確実に北極の氷融けたわ」

この憎まれ口がまた、心地よい。エリカは絶対にお世辞を言わない。高校時代初めてのパーマに失敗した芹に、「大丈夫だよ、可愛いよ」と気休めを言ってくる友人たちの中で、「ワカメを通り越して乾燥ヒジキみたいね」と言ってきたのはこの子だけだ。

十代のころはその率直すぎる性格が災いして女子から嫌われていたようだが、芹とはウマが合った。長身で男勝りな芹と小柄な美少女の取り合わせは、なかなか絵になっていたと思う。

「男と女って、どうなるか分かんないのね。はじめは『若いのに言い寄られてウザい』とか言ってたくせにさ」

「ホントね。一年前は仕事をやめて結婚なんて、まったく考えられなかったわ」

そのころの芹なら「まさか」と笑い飛ばしていたことだろう。仕事と自分は相思相愛だと思っていた。洋服が好きだったし、それを通してお客さまを笑顔にできるのなら、少しくらい忙しくても平気だった。

そんな日常が変わっていったのは、充が「おはようございます」と声をかけてきたあの日からだ。ちょうど一年前の、三月の半ばごろ。船越デパートの呉服売り場では「西陣織の世界」という催事が開かれており、充は板倉織物のブースにいた。

「先日はどうもお世話になりました。婦人服売り場のバイヤーさんやったんですね」

呉服売り場をせかせかと歩き回っていた芹は、おっとりとした西のアクセントに完全にペースを乱された。「はぁ」と生返事をしながら記憶をまさぐる。

二十代半ばと思しきスーツ姿。肌がつるりとして、どことなく育ちのよさが感じられる。さて、こんな男を知っていたっけ。

「ああ、花粉症の彼」

「そうです。覚えててくれはりましたか」

ようやく思い当たって手を叩くと、充はいかにも嬉しそうに目を細めた。

その一週間ほど前だったか。同じように呉服売り場を歩き回っていると、出店業者の青年がしきりに目をこすり、洟を啜り上げているのが気になった。

あの目の赤さは花粉症だろう。芹もそうだからよく分かる。だがあの状態で接客をするのはあまりにみっともなく、船越デパートの信用にもかかわる。

ゆえに芹は自社スタッフを手招きし、「あの子に渡してあげて」と手持ちの薬を託したのだ。

「実は僕、あの日生まれて初めて花粉症になりまして。いきなり来たんで、ほんま困ってたんですよ」

「そうでしたか。もう病院には行かれました？」

「はい。バッチリスギ花粉やと診断されました。あ、申し遅れましたが私、こういう者です」

ふいに仕事を思い出したか、一人称まで変えて青年は胸ポケットから名刺を取り出した。

板倉織物株式会社　営業担当　板倉充。

経営者一族なのは、ひと目で分かった。

どうりで、平和そうな顔してるわけだわ。

就活の理不尽なふるいにかけられたことも、家業に対する反発も特になく、親戚づき合いの延長ですんなり入社したのだろう。そしておそらくは一人っ子。いかにも競争心がなさそうだ。

もっともこの世代は人と競うのを嫌う傾向にあるけれど、充の場合はそれとも違い、天敵のいないパンダのようなのどかさがあった。

芹もまた、条件反射で名刺を差し出す。売り場に出るときはセールスマネージャーと同じ、黒のパンツスーツを着ている。胸にネームプレートがついており、苗字は知られているはずだった。

「長谷川、芹さん。ええ名前ですね。春の七草や」

そんな感想を洩らす若者に出会ったことがなかったから、まったくときめかなかったと言えば嘘になる。

おお、さすがは老舗のボンボンだ。と、芹は内心目を見開いた。だが、それだけだった。

「ところで長谷川さんは、なんで担当やない呉服売り場まで見て回ったはるんですか?」

そろそろ立ち去るタイミングかと思ったのに、充は無邪気に質問を重ねてくる。構ってほしがる犬のような、邪険にはできない種類の人懐っこさだ。つい真面目に答えてしまう。

「呉服のお客さまだって、着物ばかり着てらっしゃるわけじゃないでしょう。そこのエスカレーターを下りて行けば、四階から二階は婦人服売り場よ」

「はぁ、なるほど。人の流れを見てはるんですね。すごいなぁ」

素直に感動して目を輝かせる。その反応は少しばかり気持ちよく、これはまずいと気を引き締めた。この男の子には、相手の懐にするりと入る才能がある。

「じゃあ、もう行くわね」

「はい、お引き留めしてすみませんでした」

言葉半ばのうちに一歩を踏み出すと、充は自然な会釈を返してきた。

このとき芹はまだ気づいていなかった。外部の人間である充に対し、すでに敬語を使っていなかったことに。

ともあれ、その日もいつもどおりの忙しい一日だった。いくつかの打ち合わせと商談をこなし、夏のバーゲンのプランを頭の中で練る。昼食を食べそびれて午後四時過ぎにようやく蕎麦屋に駆け込んでから、業務用の携帯にショートメールが届いていることに気がついた。

『板倉です。先ほどはありがとうございました。薬のお礼といってはなんですが、今度食事にでも行きませんか？』

その瞬間まで思い出しもしなかった、充からのメッセージだった。

「はじめは昭和を知らない世代なんかとつき合えるか！　と思ってたんだけどねぇ」

七輪の熱で火照った体に、最中アイスの冷たさが染みてゆく。腹部が苦しくて食事が入りそうになくても、デザートは別物だ。

芹はカフェオレ味、エリカはイチゴ味。当然のごとくひと口ずつ交換し合う。

「そういやアンタ、なんかいい女風のこと言ってたよね。『たぶん年上の女とつき合ってみたい年ごろなのよ。そんなのいちいち構ってられないわ』とかなんとかさ」

「いや、やめて。忘れて」

ずいぶん思い上がっていたものだ。気恥ずかしさに身もだえする。それもこれも、充が乗せるから悪いのだ。

誘われた食事には行かなかったが、あちらが商用で上京した際、タイミングが合えば何度かお茶くらいはした。充は好意をまったく隠そうとはせず、面と向かって芹を褒め称えた。

「僕ね、ほんまは去年の催事のときからあなたのこと、かっこええ女性やなぁって気になってたんですよ。だから『長谷川さんから』って薬渡されたときは、奇跡か思いました。仕事のできる人はこんなことにまで気を遣わはるんやなぁって、花粉症にすら感謝しましたわ」

そんなことを言われて、いい気にならないほうが難しい。

「長谷川さんみたいな女性に会うたんは初めてです」とか、「キリリとした顔もええけど、やっぱり笑顔が一番ですね」とか、それが万人共通の認識であれば四年もフリーでいたはずはないのだが。世間はどうあれ、充が芹をいたく気に入ったことは間違いなかった。

充は穏やかで人に優しく、聞き上手だ。見た目も今風のイケメンではないが、こざっぱりとしている。嫌いになる要素が見当たらず、歳さえ近ければもっと軽い気持ちでつき合いはじめていたかもしれない。

やはり、十一歳差はネックだった。

世間的な評価はどうでもいい。だが好青年にはそれだけ恋愛のチャンスが舞い込んでくる。その多くは二十代だろうし、きっと可愛い子もいるだろう。そんな中からすでに若くもない自分だけを、選び続けてもらえる自信がまるでなかった。

そんなわけで充にはプライベートの携帯の番号を教えなかったし、メールアドレスやLINEの交換もしなかった。たまに来るショートメールは性格上無視することもできず、短く返す。そうこうするうちに、自然と離れていくだろうと思っていた。

「ええっと、アンタたちがつき合いだしたのって、いつだっけ？」

エリカが小さな前歯で最中を齧る。ほのかな酔いが頬に浮き出て、なんとも艶めかしい。アップにした髪のおくれ毛がまたよくて、私も黒に染め直して伸ばそうかなと、芹は自分の頭を撫でる。

「去年の七月だね」

「そんなもんだっけ。頑張って踏ん張ってたわりに、あっさり落ちたよね」

「面目ない」

五月に三十分ほどお茶をしたのを最後に、充とはもう個人的に会うまいと決めていた。期待を持たせても悪いし、半年後のクリスマス商戦の準備に追われ、それどころではなかったせいもある。

だから船越デパートのバックヤードで充に再会したときは、正直なところ気まずかった。その時期呉服売り場ではちょうど、「京の匠の技」という催事が開かれていた。

「あ、長谷川さん。パリから戻って来はったんですね。お疲れさまです」

なのにその人懐っこい笑顔を見たとたん、緊張がふっと弛んでしまった。

クリスマス向けの業務に忙殺されつつも、来年の夏物の買いつけにパリに飛び、経費削減のため一泊三日の強行軍をこなしてきた。それどころか帰国後すぐ繊維メーカーのお偉方の接待に入り、明け方まで酒席につき合ったので、ほぼ寝ていなかった。

満身創痍だが出張中の業務が溜まっており、休むわけにはいかない。ほとんど気力だけで動いているようなものだった。

「なに、迷子になったの?」

「そうなんです。社食行ったら帰りが分からんようになってしもて」

百貨店は売り場優先で作られているぶん、従業員用通路が入り組んでいる。特に増改築を重ねてきた船越デパートでは、迷路のようにややこしい。

「方向音痴なんだ？」

「ええ、なんせ子供のころから碁盤の目の道路に親しんできましたんで。たとえば渋谷の街なんか、僕から見たら魔窟です」

そう言って情けなく眉を下げる。充には自分を必要以上によく見せようという気負いがない。肩の力が抜けてしまうのは、そのせいだ。

「この時間、従業員用エレベーターは混むわ。階段のほうが早い。こっちよ」

次のメーカーとの打ち合わせまでにはまだ余裕がある。芹は先に立って歩きだした。

「ありがとうございます。でも長谷川さん、顔色悪いですよ。大丈夫ですか」

たしかに疲れてはいたが、クマはコンシーラーで隠し、チークを濃いめに入れている。女性社員にも指摘されなかったのに、見抜かれた。

「平気よ」と返そうとして、視界がやけに暗いのに気がついた。

あ、これはいけない。

そう思ったときには、膝から力が抜けていた。

どこか遠くで『雨に唄えば』のメロディーが流れている。

ああ、お母さんがよくハミングしていた曲だ。土砂降りの雨をものともしない、幸せな歌。お母さんは疲れているときほどこのメロディーを口ずさんでいた。

頭を撫でる、温かな手。大丈夫だよ、二人きりになっちゃったけど、私も頑張るから。なんでも一人でできるようになるから。

だから無理はしないで、ね。

「――お母さん」

自分の声に驚き、目を開ける。

誰かの膝と、畳が見えた。

頭がぼやけていて、状況の把握が追いつかない。ここはいったい、どこだろう。

「気がつかはりました?」

上から降ってきた声にぎょっとする。とっさに起き上がろうとして、肩を押さえつけられた。

「いきなり動いたらあきませんよ。倒れはったんですから」

ああ、そうだった、思い出した。充が背後から受け止めてくれたんだった。彼がいなければどこかを強く打ちつけて、怪我をしていたかもしれない。

「そうね、ありがとう。でもなんで膝枕なの?」

予想外の状況に、みっともなくてまともに上も向けない。右側を下にしたまま、芹は力なく抗議する。

「ただの寝不足やからって、長谷川さんが医務室行くの嫌がらはったんやないですか。

僕も医務室の場所知らへんので、ここにお連れしたんですけど」

「どこよ、ここ」

「うちのブースです」

板倉織物のブースには、畳が敷き詰められていた。その空間をパーテーションで区切り、こちら側にはレジや梱包資材が置いてある。従業員の休憩スペースにもなっているのだろう。

けっきょくなぜこの体勢なのかは謎のままだが、それ以上追及しないことにした。久しぶりに感じる人肌が、心地よかったせいもある。肩を一定のリズムで叩かれて、自分がどんどん、小さな女の子に戻ってゆくようだった。

不思議だ。相手はずいぶん若い男の子のはずなのに。

「あ、いけない。メーカーとの打ち合わせ！」

「何時からですか？」

「十四時半から、高田馬場」

「近いですね。まだ一時間以上ありますよ」

「でも、売り上げ分析の報告書もまだ仕上がってないし」

「分かりました。ほな、あと十分だけこうしてましょ。うちの従業員におにぎり買うて来てもらいましたけど、食べはります？」

尋ねられて、胃のあたりをさすってみる。昨夜の接待では気分が悪くならないように、途中で吐いておいた。それ以来なにも食べていないから空腹なはずなのに、食欲がない。

「ううん、今はいい」

「じゃあ、いつでもかぶりつけるように持ってってください。ちょっと痩せすぎや思いますよ」

充に背負われ、ここまで運ばれてきた記憶がうっすらと甦る。階段もあったのに、申し訳ないことだ。

「うん、そうね。ちょっと、疲れていたのかな」

弱音が口からこぼれ落ちる。八つのときに両親が離婚してからというもの、しっかりしなきゃと気負うあまり、誰にも弱みを見せてはこなかった。

長年の意地がこんなところで崩壊するなんて、本格的に体調が悪いんじゃなかろうか。そういえば、もう二週間以上休みを取っていなかった。

「『ちょっと』やないから、こういうことになってるんですけどね」

肩を叩く手が、心なしか強くなる。

変なの。私、こんな若い子にお説教されてる。マイペースそうなボンボンに。

そう思うとなんだかおかしくて、ふふっと体を丸めて笑った。

「なにがおかしいんですか、ほんまにもう」

充は不服そうだったが、芹に笑顔が戻ったことが嬉しかったのだろう。声の調子はひどく優しい。

「長谷川さんには、ブレーキがついてはらへんのですね。ほなせめて僕が、シフトレバーを握ってあげましょ」

そのひとことが、まさに芹をニュートラルに引き戻した。

止まってみると、自分がいかに無理をしてきたかがよく分かる。

仕事が好きだから平気と嘯いてみても、百貨店の売り上げは右肩下がり。船越デパートでは芹が入社してからの十六年間だけでも、三分の二近くに縮小している。特に婦人服はネット通販とファストファッションの台頭で、非常に苦しい立場に置かれていた。

カリスマバイヤーが活躍できたのは、もはや四半世紀前の話。今やバイヤー一人の裁量で売り上げが立つ時代ではない。入っているブランドはどこの百貨店も似たりよったりで代わり映えせず、百貨店が直接運営する平場にも思想のない上の人間が「とにかく売れるものを」とせっつくせいで、リーズナブルな価格帯の大衆品が並んでいる。その結果、百貨店はますますその価値を失ってゆく。

芹が子供のころはまだ、百貨店はワンダーランドだった。行けば必ずほしい物があり、最上階の大食堂でお子様ランチかウエハースのついたアイスを食べる。いつだってワクワクすることが待っていた。

だが専門性ではセレクトショップに負け、安くて品質のいいものが自宅に居ながらにして買えてしまう今の世の中で、いつの間にか芹自身、どこを向いて仕事をしているのか分からなくなっていたのだ。

顧客のニーズに合わせて様々な商売形態が作られ、衰退していった流れの中で、百貨店もきっとゆるやかな終末へと向かっているのだろう。うんと出世して体制を変えてやるんだと意気込んでみても、女性役員が一人もいない旧態依然とした船越デパートでは無理があった。

これ以上悪くなることはあっても、よくなることはない状況で、自分のためだけに頑張るのはもう疲れた。おそらく、ずいぶん前からそう思っていたのだ。忙しさに紛れて、直視するのを避けていただけのこと。

自覚してしまうと、一気に体が重くなった。鍼灸(しんきゅう)やマッサージの後、よけいに体がだるくなるのと似た感覚だった。

この人の膝が、いつも傍(そば)にあればいいのにな。

胸に芽生えてしまった願望を引き離すように、芹はゆっくり身を起こす。そろそろ動き出さねばならない時間だった。

「雨が降ってきたみたいね。すぐに止(や)んでくれるといいけど」

「えっ、なんで分かるんですか」

「さっき館内放送で、『雨に唄えば』が流れてたでしょ。あれ、『雨が降ってきました』の合図なの」

芹が夢うつつに聴いていたメロディーは、それだった。

館内放送には従業員にしか分からない取り決めがいくつかある。ちなみに「雨が上がりました」は、『虹の彼方に』だ。

「へぇ、そんなんがあるんですね。僕、ジーン・ケリーのタップ踊れますよ。大学時代、タップダンスサークル入ってましたから」

「なによ、それ」

意外な特技にふき出してしまった。ハリウッド映画史上屈指の名シーンだ。ジーン・ケリーが雨の中、子供のように跳ね回り、水溜まりを蹴散らし、新しい恋のはじまりを歌い上げる。

そっか、本当はもう、とっくにはじまっていたんだな。

名残惜しさが行動に出た。芹は充の膝頭に、そっと手を置いていた。

「京都かぁ。ホントに行っちゃう気?」

酔っているせいだろうか。エリカが珍しく絡んでくる。

焼肉屋からの帰り道。三月のぬるい風に吹かれながら、目黒通りを並んで歩く。まだ羽織を持っていない芹は大判のストールを肩に引っかけているだけだが、寒いと感じることはなかった。

「うん、もうマンション解約しちゃったしね」

今の部屋は、今月いっぱいで退去することになっている。四月からは充が借りているマンションで、新生活のスタートだ。

「結婚、反対されてるのに？」

「だよね。でも一緒にいたいからさ」

エリカが恨みがましい目で見上げてくる。逆境に進んで飛び込もうとする、芹の気持ちが分からないのだろう。

「アンタのお母さんは、なんて言ってるの？」

こちらの一番痛いところを突いてきた。芹は言葉を探しながら、視線を宙にさまよわせる。

「実は、向こうの親に反対されてること、言ってないんだよねぇ」

「呆(あき)れた」

「や、だって心配かけたくないじゃん？」

芹の母親は、充を気に入ってくれている。実家に挨拶に行ったときには、「今どき珍しいくらい礼儀のできた子」と大絶賛だった。

「希望退職の話も、結婚の挨拶のとき初めて伝えたくらいだもん」

そう言って芹は肩をすくめる。

百貨店バイヤーの仕事に行き詰まりを感じて間もなく、船越デパートは郊外店舗の閉鎖を発表し、三百人の希望退職者を募りはじめた。

そのタイミングでの募集は、次のステップに進めという暗示のように思えた。これを機に百貨店以外のバイヤーを経験してみてもいいし、思い切って別の業種に飛び込んでみるのもいい。

同僚には「まさか長谷川さんが」と驚かれたが、迷いはなかった。希望退職枠に入ったことを伝えると、充はにっこりと笑ってこう言った。

「そういうことやったら、京都で再就職考えてみませんか？」

事実上のプロポーズだった。

「まったくもう。アンタのそういうとこ、お母さん昔っから寂しがってたよ」

「分かってるけど。お母さんにはもう、自分の幸せだけを考えてほしいよ」

エリカは実家に何度も泊まりに来たことがあり、芹の母親とも仲がいい。だからよく知っているはずだ。あの人がどれだけ娘を第一に考えてきたかを。芹が二十歳になるまでは、恋人ができても再婚を拒み続けてきたくらいである。

義父と母は、娘の目から見ても呆れるほど仲がいい。女手一つで苦労してきたぶん、もはや煩わしいことに巻き込みたくはなかった。

「でも、芹が苦労するって分かってたら絶対止めると思う。もちろん、あたしだって」

自宅マンションのオートロックを解除しながら、エリカが唇を尖らせる。この期に及んで、どうやら「行くな」と言いたいらしい。いい友達を持ったものだ。

「ありがとう。でも充もいるし、大丈夫だよ」

「なんでそう言い切れるのよ」

「うーん、愛かな」

「わ、ウザ！」

エリカが大袈裟に眉をしかめる。これは本気で嫌がっている顔だ。

エレベーターで五階まで行き、廊下の突き当たりがエリカの部屋。玄関のドアを開けると、スパイシーなルームフレグランスの香りに包まれた。

「エリカにも、素敵な生身の男が現れるのを祈ってる」

「なによ、その上から目線。いいんです、あたしはこの先一生喪中なんです」

少女のころに映画『ラビリンス』を観て以来、エリカはデヴィッド・ボウイにその青春を捧げてきた。芹たちの世代に共感者はあまりおらず、正直どこがいいのかよく分からない。

その訃報に触れた日に、エリカは涙ながらに喪服を着たという。もちろん彼女の両親は、娘の男っ気のなさを嘆いている。

和のテイストにまとめられたワンルームで、芹は洋服に着替えた。帯を解くと、ようやく腹の底に呼吸が落ちてゆく。こんなことで解放感を覚えているうちは、まだ着物に着られているということだろう。

着物の畳みかたは、もう覚えた。床に膝をつき、布の折り目どおりに畳んでゆく。やはり焼肉の匂いが残っているから、帰ってさっそく洗わないと。

エリカは着物姿のまま、ふて腐れたようにソファに沈み込んでいる。脱いだものを片づけてから、芹はソファの背に肘をついた。

「心配しないで。不安がないと言えば嘘になるけど、それ以上にワクワクしてるよ。あちらのご両親にも、私の嫁としてのベネフィットをしっかりアピールして、認めてもらうつもりだから」

「ベネフィットって。プレゼンじゃないんだから」

エリカは諦めたように首を振る。芹のときに突飛な行動力は、周りがなにを言っても止められないと知っている。

「しょうがないか。なんつってもアンタ、鉄砲玉だしね」

「ああ、そう呼ばれてた時代もあったね」

ネタ元は陸上部の顧問だった。「長谷川、鉄砲玉みたいに飛び出すな！　お前はもっとクレバーになれ！」という指導が面白がられ、友人たちに広がったのだ。

昔を懐かしむ芹を尻目に、エリカがおもむろに立ち上がる。クローゼットを開けると、大振りの紙袋を取り出した。

「ほら、これお餞別」

ぶっきらぼうに差し出してくる。まさか、そんなものを用意してくれていたなんて。

中には三つ折りサイズの畳紙が入っていた。

「リサイクルだけど、ちょうどアンタの身丈にピッタリなの見つけたから。あくまでも安物だし、普段着だけど」

照れているのだろうか。エリカはおかしな言い訳を重ねてくる。畳紙の紐を解くと、矢羽根を図案化した、矢絣模様の着物が現れた。

「弓矢もまっすぐ前に飛んだまま戻ってこないでしょ。芹らしいじゃない」

怒っているような口調だが、これは彼女なりの激励だ。

視界がふやけるのを感じ、芹は着物を抱きしめた。

「うん、ありがとう。頑張るね」

「そうね。京都に発つまでに、袋帯の二重太鼓まで覚えてもらわなきゃ。肩回りの柔軟、しっかりしてきなさいね」

どうやら道のりは、なかなか険しい。

けれども、もうすぐだ。桜満開の京都が芹を待っている。

二

古い図書館や公民館のようにも見える建物の、中に入るとそこはまるで別世界だった。なにげなく足を踏み入れた芹は、思わず「えっ」と立ち止まる。目の前に、こぢんまりとした日本庭園が広がっていた。

その手前には緋毛氈（ひもうせん）を敷いた木製の回廊と、太鼓橋。池の水が足元に引き込まれており、錦鯉（にしきごい）が優雅に身をくねらせる。回廊に沿って五つ団子の紋の入った提灯（ちょうちん）が、赤く床しく揺れていた。

振り返ると真後ろにいた観光客らしき外国人男性も、「ワオ！」と目を丸くしている。日本文化に馴染みがなくとも、この建物の異質性は伝わるのだろう。どことなく懐かしいタイル張りの建物の中に、これほど雅やかな和の世界が広がっていようとは。

上七軒歌舞練場（かみしちけんかぶれんじょう）。京都で最も古い花街の、劇場である。芸舞妓による春の「北野をどり」を観ようと、入り口には地元の人から観光客までが列をなしていた。見たところ、平均年齢はやや高めだ。

「芹さん、こっち」

充がさりげなく腰に腕を回し、誘導してくれる。土足のままでいいのかと戸惑ったが、問題はないようだ。行列はまだ続いている。圧倒されて立ち止まっている場合ではない。

「お茶はどうぞお二階へ」という係員の声に従い、ぞろぞろと階段を上ってゆく。二階の廊下に立って客をさばいていた羽織袴のナイスミドルが、こちらを見てぱっと顔を輝かせた。

「おう、充！」

「あれ、なんでいてるんですか」

「菊わかに案内係頼まれてん。あ、すんまへん。狭いんでリュックは手に持ってもらえます？」

後続の邪魔にならないよう、芹たちは脇へよける。その横をすり抜けて行こうとした外国人女性が呼び止められ、目を瞬かせた。

「リュック、下ろして」

通じないと踏んで、ナイスミドルがジェスチャーを交える。だが女性は手荷物検査と勘違いしたらしい。戸惑いながらリュックの中身を見せようとする。

「ああ、ちゃうちゃう。困ったな」

「パルドン?」

ナイスミドルだけではなく女性も困っている。フランス語だ。芹はとっさに間に入った。

「ジュヴワ。メルシー」

通訳を務めた芹に礼を言って、行列に戻る女性に手を振り返す。

「たいしたもんや」と、ナイスミドルが顎を撫でた。

「少しだけ、仕事で使っていたもので」

「ああ、その東京弁。そうか、あんたが噂の芹さんか」

不意打ちで名前を呼ばれ、今度は芹が目を瞬いた。京都に越してまだ三日。噂になるようなことはなにもしていない。

「芹さん、こちらは父方の叔父で、うちの専務」

「あっ。それはどうも、はじめまして」

充に紹介され、慌てて背筋を伸ばした。父方の叔父、ということは芹の年齢に難癖をつけた男の弟だ。どんな暴言を投げつけられることかと、身構えずにはいられない。

「はい、どうぞよろしゅう。どんなアクの強い子が来るんかと思てたけど、なかなかどうして、シュッとした才媛やないの」

「えっ」

「着物もよう似合たはる。それ、うちの帯やな。おおきにやで」

「あ、はぁ」

意外な展開に、毒気を抜かれた。まさか褒められるとは。ましてや礼まで言われるとは。

どういう魂胆かと表情を窺ってみても、その眼差しは温かい。顔に刻まれた皺の一本一本や生え際に交じる白髪まで、大人の色気を感じさせる男性だ。充の父親とはあまり似ていない。そもそもあちらは頭髪が少ない。

これはモテるだろうなと、芹は率直な感想を抱いた。視線に気づき、にっこりと微笑み返してくるあたり、抜け目がない。

「猛さん、案内係なんやろ。入り口んとこ、お客さんが団子になったはんで」

「ああ、そらいかん。ほな芹ちゃん、楽しんでってや。ようこそ西陣へ」

充に促されて肩をすくめながらも、ちゃっかり呼称を変えてくる。遠ざかる背中を見送りながら、芹はやはり気の抜けたような返事しかできなかった。

「ようこそって、言ってもらえた」

胸を押さえてほっと息を吐く。誰からも歓迎されないことは覚悟していた。この三日間、敵地に乗り込んだつもりで気を張っていたのだ。ただの挨拶代わりだとしても嬉しかった。

「あの人は、女性全般の味方やから」

「はは、そんな感じ」

顔見知りに会ったのか、猛さんがハットを被った老紳士に話しかけている。あきらかに妻と分かる老婦人を捉まえて「おや、こちらはお嬢さん？」と尋ね、笑いを生んでいた。根本的に女性に恨まれないタイプである。

「芹さん」

「ん？」

唐突な呼びかけに視線を移す。充がくすぐったそうに笑っている。

「なに？」

「うん、芹さんがいはるなぁ思て」

窓からの逆光に照らされながらそんなことを言うものだから、少しばかり胸が詰まった。芹には非日常極まりないこの歌舞練場も、充にとっては昔から慣れ親しんできた場所なのだろう。

その風景の中に芹がいる。そのことを喜んでくれている。誰からも歓迎されないなんてことはなかった。

「着物、ほんまによう似合てる。ほな、お茶飲みに行こ」

差し出された手をそっと握る。東京ではあたりまえに手を繋いで歩いていた充が、ちょっと照れた顔をする。

うん、この人がいれば充分だ。

充が持っていた「北野をどり」の観覧券には、お茶席券がついていた。作法などろくに知らないが、「椅子とテーブルの超略式やから、大丈夫」という充の言葉を信じ、芹は気楽に構えていた。

でもまさか現役の芸妓さんが、目の前でお点前を披露してくれるだなんて。

行列の末に通された大広間は八畳ほどの一画を残して畳が取り払われており、長テーブルと椅子が並んでいた。畳の上では黒留袖をお引きずりに着た芸妓さんが、客と目線を合わせるためかやはり椅子に掛け、黒塗りの卓でお茶を点てている。傍らには振袖姿の舞妓さんがちょこんと控えており、愛らしいことこの上ない。その真正面の最前列に、芹と充は座っていた。

猛さんに捉まっているうちに大広間が満席となり、第二陣の先頭になったおかげでこの特等席である。「ええ席でよかった」と充は素直に喜んでいるが、芹は初めて見る芸舞妓を前に、身を固くしていた。

芸妓さんの洗練された一挙一動に、目が釘づけになってしまう。柄杓の上げ下げ、水差しの蓋の扱いかた、茶筅捌き、どれを取っても舞のように軽やかで、無駄がない。指先にまで意識が行き渡り、優美としか言いようがなかった。

その真正面にいるせいで、先ほどからちらりちらりと視線がぶつかる。いや、どうやらあちらも芹を見ているようだ。もしかして女のプロの目からすると、この着物におかしなところがあるのかもしれない。

夕刻からは、充の両親と食事をする予定になっていた。二月の初対面以来の顔合わせ。名誉挽回(ばんかい)とばかりに張り切っている。着物は季節に合わせ、ピンクグレーの地に枝垂(しだ)れ桜の訪問着。帯もまた流水に桜の袋帯で、板倉織物製である。

充に相談すると「無理せんでええよ」と止められそうだったから、こっそり東京の呉服屋で誂(あつら)えた。着付けにはまだ自信がなく、美容院である。

「あらまぁ綺麗。本物の桜が霞(かす)んでしまいそやねぇ」と着付け師さんには褒められたし、充も「いつの間に買(こ)うたん」と目を丸くして「そんなんやったら僕も着物にすればよかった」と残念がっていた。さっき会った猛さんだって着物のプロだ。たぶん大丈夫、堂々としていよう。

違い棚のある床の間の手前に、

『お点前

　菊わか

　　おひかえ

　　　白たえ』

と墨書された色紙が掛かっている。猛さんが言っていた「菊わか」とは、この芸妓さんのことだろう。

白塗りというのは案外顔の造作をごまかせないものらしい。パーツの形と配置の良し悪しがかえって浮き彫りになる。白(しろ)たえという舞妓さんは目鼻口が中央に寄っているが、菊わかはたいそう美しく、広めに抜いた襟首からは色気が匂い立つようだった。

見惚れているうちに、裏方のお運びさんが銘々皿に載せた薯蕷饅頭(じょうよまんじゅう)を置いてゆく。黒文字(ようじ)などは添えられておらず、どうしたものかと隣を見れば、充は躊躇(ちゅうちょ)なく手で割っていた。

「いいの？」

「うん、だって他に食べようないし。あ、その皿お土産で持ち帰りできんで」

「わ、太っ腹」

小声で囁(ささや)き交わしていると、お運びさんたちが今度は抹茶碗を手に動き回っている。饅頭を食べ終えた客から順に提供されてゆくが、芹にはどうやら菊わかが点てているお茶が運ばれてくるようだ。白たえが立ち上がり、抹茶碗を受け取ると、しずしずとした歩みで近づいてきた。

「あ、どうも」

優雅な手つきで茶碗が置かれる。それに合わせて軽く会釈を返す。さてこれを、どう飲めばいいんだっけ。

　どういうわけか、菊わかは次のお点前に移ることなく、こちらをじっと見つめている。

「けっこうなお点前で」とかなんとか、言葉が返ってくるのを待っているのだろうか。

充にはまだ抹茶が運ばれてきておらず、手本になりそうな人がいない。

　とりあえず。正面の柄（がら）を外して飲めばいいんだよね。

　抹茶碗を左手のひらに載せ、でたらめにくるりと回す。お茶はほどよい温度だった。

　でもたしか、何口で飲みきるとかルールがあったはず。
　三、四、五？　なんとなく四はない気がするから、三か五？　あ、ダメだこれ。息が
詰まる。

　ぷはっ！

　水泳の息つぎのような音が立った。

「芹さん、どうした？」

「ご、ごめん。平気」

　顔が熱くなってゆく。正面に座る菊わかの、紅（べに）を刷（は）いた形のいい唇が、くすりと笑み
崩れたように見えた。

　京都はまさに花の盛り。桜の名所、平野神社の境内は、春の陽気に浮かされて、花も

人も群れている。

宴席から漂ってくる網焼きの肉の匂いが情趣を削いでいる気がしないでもないが、年に一度のことである。粋も不粋もごちゃ混ぜに、花の命を惜しみ楽しむ。

「いやぁ、綺麗だったぁ」

門前の枝垂れ桜が見事に咲き乱れている。その前に立ち、芹は目を輝かせた。

「フィナーレの枝垂れ桜のセットなんて、ホント鳥肌立っちゃったよ。正直なところ、『日本舞踊？ 眠たそう！』って思ってたけど、感動しちゃった」

先刻の舞台の感想である。上七軒は花柳流で、祇園甲部は井上流、などと説明されても流派の違いなどさっぱりだが、そんな門外漢が観ても楽しめる構成だった。

「上演時間が一時間半もある」とプログラムを見てぎょっとしたが、台詞つきの舞踊劇に始まり、セットと踊り手が次々に変わってゆく純舞踊、そして最後は芸舞妓総出の華麗な踊りで締めくくられ、観客を飽きさせない工夫が随所にちりばめられていた。

「芸舞妓さんも、あれそうとう体幹鍛えてるよね。ああ、私も再開しようかなぁ、体幹トレーニング」

「うん、僕、芹さんの姿勢ええとこ好きよ」

「ホント？ 腹筋割っちゃうよ？」

「シックスパックになっても三段腹でも、芹さんならええよ」

「じゃあトレーニング用のマット買っちゃう。フローリング痛いもん」

本殿にお参りをしてから南へ抜けると、ソメイヨシノの並木道である。屋台や花見茶屋が出ているせいで道幅が狭まり、人の渋滞ができている。

ここではブルーシートの場所取りはなく、花見茶屋に予約を入れておけばいいそうだ。赤い野点傘（のだてがさ）に緋毛氈を掛けた座席、なるほどこれは風情がある。

「あれっ、あんた板倉さんとこの」

興味津々に花見茶屋を覗いていると、女将（おかみ）らしき人に見つかった。動きやすさ重視の作務衣（さむえ）姿でいそいそと近づき、充に向かって腰を折る。

「いつもご贔屓（ひいき）にしてもろて、ありがとうございます。社長さんに、今年もよろしゅう言うといてください」

板倉織物は、毎年社員総出の花見にこの茶屋を使っているようだ。平野神社の氏子には西陣の旦那衆も多く、なにかと縁があるのだろう。

「それで、こちらさんが例の彼女？　まぁ、お綺麗な人やないの」

女将のゴムまりのような顔が芹に向けられる。愛想はいいが、その目は鋭い。瞬時に上から下までチェックして、ようやくにっこり微笑んだ。

「お着物も帯も素敵やわぁ。本物の桜なんかいらへんくらい」

お世辞なのは丸分かりだが、芹もそれなりに社会経験を積んできた。「ありがとうございます」と臆せず微笑み返す。だが胸の内には大きな黒い蟻が一匹紛れ込み、ざわざわと這い回っているような違和感があった。

「ちょっと座ってお茶でも」という誘いを丁重に断り、先へゆく。花見茶屋は他にもあるが、もはや脇見をする気が起きない。頭上を覆う桜花も目に入らず、「芹さん、みたらし食べる？」という充の声も聞き流した。

桜のトンネルと屋台群を抜け、大通りに面した鳥居を出る。芹はおもむろに、充のジャケットの袖を引いた。

「ね、なんであの人私のこと知ってるの？」

尋ねたとたん、充の口元が銀紙を嚙んだようにピリッと引きつる。

「もしかして私、噂になってる？」

猛さんに「噂の芹さん」と言われても、三親等以内なら知っていて当然かと納得した。だがさっきの女将さんにまで「例の彼女」呼ばわりされるのは気味が悪い。まるで町中に監視の目があるみたいだ。

「居心地悪い思いさしてごめん。どっから広まったんかしらんけど、なんせ狭い町のことやし」

噂になっていたことは知っていたのだろう。充はどうも歯切れが悪い。

「なんて言われてるの？」

「いや、全然気にせいでええよ。物珍しさで言うてるだけやし、そのうち収まるから」

べつに悪い内容でもいい。この町の人たちにどう思われているのか、あらかじめ知っておきたかった。それでも充に喋(しゃべ)る気はないようだ。のほほんとしているようでいて頑固なところがあり、そうと決めたからには口を割らないだろう。

そのうちって、いつまでよ。

喉元まで出かかった言葉を、芹は無理矢理飲み込んだ。みぞおちのあたりに、軽いやり切れなさだけが残った。

本丸を攻める前に、ダメージを受けてちゃどうしようもない。平野神社から再度上七軒に戻り、充の両親と待ち合わせている豆腐料理店のお座敷で、芹はあらためて深呼吸をした。

着物のわずかな着崩れは化粧室で直しておいたし、長時間の正座に備えて折り畳み式の正座椅子も持っている。コンパクトサイズの優れモノだから、座卓越しならバレやしないだろう。備えあれば憂いなし。鬼でも蛇でもどんと来い、だ。

元はお茶屋だったという店の佇(たたず)まいは、黒塗りの格子窓や昔ながらの調度品がそのまま残され、威厳の中にもほんのりとした柔らかみが感じられた。黄昏(たそがれ)時とてぽつぽつと坪庭に灯がともり、ぼんやりと浮かび上がるその風情。これが幽玄というものかと、分かったふうなことを考える。

やがて時間ぴったりに、充の両親が到着した。母親はまたしても和装で、父親はノーネクタイのジャケット姿。芹は充を促して立ち上がり、上座へと案内する。

「いやぁ、今日はお招きいただいて、ほんまおおきに。こんな観光客相手の店、なかなか来る機会ありまへんやろ。ほんに嬉しわぁ」

まだ座も温まらぬうちからぺらぺらと、母親の口から嫌味が飛び出す。よく回る舌だ。これは面の皮を三枚ほど被って応戦するしかあるまい。

「喜んでいただけてなによりです。お母さま、今日も素敵なお召し物ですね。ぼかし染めのお着物に更紗模様の上品な袋帯、勉強になります」

どうだ、と内心胸を張る。前回は知識が皆無で着物を褒めることもできなかったが、あのころの私とはもう違うのだ。畏れ入ったか、この向上心。これから先も、吸収できるものはどんどん身につけてゆく所存である。

「それはおおきに、ありがとさん。そちらさんはなんとも晴れがましい装いで。本物の桜よりも目立たはったやろねぇ」

母親の発言を頭の中で反芻する。なんでもないように流れてゆく言葉なのに、なぜか引っかかるものを感じた。もしくは警戒しすぎているせいで、ありもしない棘を探してしまうのだろうか。

着物姿の仲居さんが、瓶ビールと先付を置いてゆく。これといった説明もなく、淡々と仕事をこなしている。この店にかぎらず、西陣界隈の飲食店は店員が無愛想だ。昨日ランチに利用したカフェでもなかなか席に案内されず、しばらくしてから「あ、好きなとこ座ってください」と通された。東京とは接客文化が違うのかもしれない。

「お父さま、どうぞ」

膝立ちになって父親のグラスにビールを注ぐ。数々の接待で鍛え上げてきただけあって、我ながら泡の比率が完璧だ。そんな芹の、内心の得意顔を見越したように父親がぼそりと呟いた。

「その帯、うちのやね」

「はい、そうです。やっぱりひと目で分かるものですか?」

猛さんにもすぐ自社製品だと見抜かれた。流水に桜は伝統柄だし、そこまで特徴のある帯ではないと思うのだが。

「そらまぁ、思い入れ持って作っとるし。その流水んとこの青いのは、ラピスラズリとダイヤモンドの引箔や。うっとこ独自の技術やからね」

「引箔?」

「金箔とか銀箔とかを和紙に貼って、細う細う刻んでくねや。それを緯糸に織り込んでく技法でな、その帯の場合はラピスとダイヤを粉末にしたんを和紙に貼って刻んで、織ったぁんねん」

「へえぇぇぇ！」

どうりで高かったはずだ。退職金がなければとても手を出そうとは思えなかった。洋服では金、銀、貴石の類はアクセサリーとして身に着けるが、着物はその代わりに帯などに織り込んでしまうのだろうか。ここまでくると、もはや芸術品の域である。

「あれ、でも和紙に貼るってことは、裏側は紙のままですか？」

「せや。裏表間違うてうっかり織り込んでしもたら、白いとこが出てまうから解き直しやね」

「すごい世界なんですね。あの、よろしかったら今度、板倉織物さんでどんな帯を扱っているのか、見せていただいてもいいですか？」

「ああ、いつでも会社のほうに遊びに来やはったらええわ」

「わぁ、ありがとうございます」

水を向ければいくらでも気持ちよく喋ってくれる。父親は仕事方面の会話から懐柔してゆけそうだ。問題は、やはり母親である。

「そんな話今はええやないの。それより『北野をどり』見に行かはったんやて？　若葉ちゃんいやはった？」

会話が盛り上がりだしたのが不服だったようで、がらりと話題を変えてきた。誰のことだと首を傾げる芹の隣で、充がおぼろ豆腐をつつきながら頷く。

「うん、ちょうどお点前当番やったわ」

どうやら菊わかのことらしい。若葉というのが本名なのだろうか。母親はとたんに上機嫌になった。

「ああ、そう。じゃあ芹さんもご覧になったんね。可愛らし子ぉでしたやろ」

「え、ええ。踊りも飛び抜けているように見えました。さすがは芸の『かみしちけん』――」

「かみひちけん」

「えっ？」

すかさず上七軒の発音を訂正されて、狼狽えた。だが母親は何事もなかったかのように微笑んで、菊わかについて話しはじめる。

「あんだけ綺麗ぇでひと通りの芸事がでけて、それでまだ二十二歳。『菊仲』の末の娘さんでな、充とは子供のころから兄と妹みたいに仲良うしてきましたんえ」

「は、はぁ」

芹は圧倒されたまま相槌を打った。「菊仲」は上七軒にあるお茶屋だ。「北野をどり」のパンフレットにそう書いてあった。

「小ちゃいころから、『おっきなったら充兄ちゃんのお嫁さんになる』ゆうてな。私も自分の娘みたいに思て、あの子の花嫁姿を楽しみにしてましたんやけど」

あ、そうか。ようやく腑に落ちた。

つまりこの人は、芹に出しゃばってくるなと言いたいのだ。美しくて諸芸に通じ、なにより若い菊わかこそが我が家の嫁に相応しいと考えているのだ。

「若葉ちゃんの子ぉなら、男の子でも女の子でも、どっちゃでも可愛らしやろなぁ。なぁ、あんたもそう思わん？」

「お母さん」

母親がしなを作って父親に問いかけたところで、充が止めに入った。声を荒らげているわけでもないのに、なぜか抑止力がある。「ハウス！」と言われた犬のように、母親は主張を引っ込めた。

芹はぬるくなってきたビールを口に含む。料理は前菜、お造りと進んでゆくが、味などさっぱり分からなかった。

菊わかさんかぁ。

昼間見た美貌の芸妓に思いを馳せる。しなやかな手つき、思わず抱き締めたくなるような華奢な体、息まで甘そうなその微笑み。女として勝っているところがなに一つない。

でも、と腹の底に力を込める。人間力ならきっと私も負けちゃいない。

芹はきりりと頬を引き締めた。

「あの、ご覧いただきたいものがあります」

そう言って、がま口のバッグを手元に引き寄せる。クリニックの名前が入った封筒を取り出して、座卓の上に中身を広げた。

「かねてからご懸案の子供の件ですが、こちらが私の不妊検査の結果となりますので、お納めください」

「えっ、ちょっと芹さん！」

珍しく充が慌てている。検査を受けたことを知らせていなかったのだから、無理もない。芹は構わず先を続けた。

「検査項目に聞き慣れない言葉が多いのでご質問があれば受けつけますが、超音波検査、ホルモン検査、子宮卵管造影検査、卵管通気検査、フーナーテスト、オールクリアです。つまり私の体に妊娠不可能な要素は見つかりませんでした」

充の両親は数枚に及ぶ検査結果の用紙を前に、ぽかんとしている。専門的な知識がなければ、見たところで分かるはずもない。

「お疑いならお知り合いのお医者さまに見せていただいても構いません。それから妊活に欠かせないという葉酸サプリとマカはすでに飲みはじめています。充さんの精液検査はまだ行っていないので分かりませんが、そちらも異常がなければ自然妊娠は可能かと——」

感情を交えずに事実だけを述べるのは得意だ。柔らかなところに続く回路を切っておけばいい。淀みなく言葉を繋げていると、充に呼び止められた。

「芹さん、芹さん」

はっとして口をつぐむ。何度も呼びかけられていたようだが、気づかなかった。

充の両親は困惑顔で息子を見ている。豆乳鍋を運んできた愛想のない仲居でさえも、どうしたものかと所在なげに立ちつくしていた。


「ひどい。アンタそれ本気でやったの？」

電話越しに、乾いた笑い声が聞こえてくる。この容赦のない物言いが懐かしい。湿度の高い嫌味に晒され続けている芹にとっては、おせんべいについてくるシリカゲルのようなもの。

「もっと言って」とねだってみると、「嫌よ、気持ち悪い」と返ってきた。エリカは今日も通常運転だ。

「それでどうなったの。ご両親はなんて？」

「うん、どうも『なかったこと』にされたっぽい」

「そりゃそうだわ。息子の精液云々とか、生々しい話聞きたくないわ」

豆腐料理店での惨劇から、早くも一週間が経とうとしていた。芹はリビングのソファに一人座り、膝を抱き寄せる。充は今日から五日間の東京出張で、留守だった。まだ住み慣れない2LDKのマンションに取り残されて、朝も磨いたキッチンのシンクを再度磨いていると、救いの神か、エリカから電話が入ったのだ。ありがたい。あのまま放置されていたら、シンクがすり減ってしまうところだった。

「若くて綺麗なライバル登場で焦っちゃった?」

「それもあるけど、最初からその話はするつもりで」

「計画的か。なおさらたち悪いわ」

充の両親の、見てはいけないものを見た後のような薄笑いを思い浮かべる。後継者の心配をしていたからまず真っ先にそれを取り除かねばと考えたのだが、突っ走りすぎてしまったようだ。

「あ、でも会社には遊びに行かせてもらったよ」

「それは前進ね」

「お父さん、織物のことになると饒舌(じょうぜつ)だから。いろいろ教えてくれたよ」

板倉織物の社屋は、寺之内通(てらのうちどおり)に面した三階建てのビルだった。かつては木造の町家だったらしいが、老朽化に伴い充の祖父の代に建て替えたそうだ。

「今はもうどこもすっかり出機(でばた)になってしもてるけども、あのころはまだ織り手さんが住み込みで働いたはってなぁ」と、充の父親は懐かしそうに語っていた。

出機というのは、製織を外部の織り手に委託すること。それにかぎらず西陣織は分業制だ。一本の帯を織るのに二十あまりの工程があり、それぞれにその道のプロがいる。板倉織物のような織屋はいわば製作総指揮というところ。西陣にはそういった織屋が三百社近くあるという。

「ね、知ってた？　西陣織の定義って、『西陣で織られた織物』らしいよ」

「知ってるよ。でも今はけっこうな量が丹後で織られてるって聞いたけど」

「え、そうなの？」

「でも織元は西陣だから、業界的には黙認してるみたいなものかな」

「へぇ。服飾メーカーが生産の拠点を海外に移すみたい」

服飾業界ではそのせいで国内繊維産業の空洞化が進み、新しい商品を作ろうとしても対応できる工場がなかなか見つからない。もっともそれは他の製造業でも同じことで、この傾向が続けばやがてこの国はものづくりからすっかり切り離されてしまうだろう。

それを思えば国内で作られているぶん、西陣織にはまだ救いがある。海外で織られたものを西陣織と謳っているケースもなくはないが、その商品には西陣織のメガネ型証紙がついておらず、見ればすぐ分かるようになっている。

「帯も見せてもらったけどさ、ちょっと浮かれちゃうくらい綺麗だったよ。西陣の帯ってキンキラしてるものばかりだと思ってたけど、ポップで可愛いおしゃれ帯もあるんだねぇ」

「芹、落ち着いて。アンタ妙にテンション高いよ」

　知らぬ間に声が上擦っていた。エリカに指摘されてはじめて、空元気が発動していたことを悟る。

「なんかあった？」

「うん、ちょっとうまくいかなくて」

　取り繕ったところで、この友人には見抜かれる。風船が萎むように、芹はしゅんと肩を落とした。

　充とは、ここ数日ギクシャクしている。

　喧嘩をしているわけではない。だが充の気遣いが芹にはもどかしく思え、芹の頑張りが充には煩く感じられてしまうらしい。

　発端は、「北野をどり」を観た日に着ていた、枝垂れ桜の訪問着だった。

　数日前の夕食時にふと、充の母親の誉め言葉に引っかかりを感じたことを思い出した。考えてみればあの着物について、同じようなことを他の人にも言われた気がする。

　着付けを担当してくれた着付け師さんは、「本物の桜が霞んでしまいそやねぇ」と言い、花見茶屋の女将は「本物の桜なんかいらへんくらい」、そして充の母親が、「本物の桜よりも目立たはったやろねぇ」だ。言い回しが妙に似ている。

「ねぇ、もしかしてそういう慣用表現でもあるの？」

だから芹は充に聞いてみた。充は酢豚の肉を口いっぱいに頬張り、「んー」と考えるふりをした。ごまかす気なのがよく分かった。

「お願い。本当のことを教えて。黙ってるのが優しさだとはかぎらないよ」

芹に心労をかけまいと、充は心を砕いている。噂の内容を教えてくれないのもそのためだ。けれども芹は都合の悪いことに耳栓をして、平気でいられるタイプではない。

「教えてくれなきゃ、この先晩ご飯のおかずが納豆料理になります」

「そへふぁ困る」

肉が大きすぎたのだろう、まともに喋れもしないのに充が首を振った。西の人だからか、匂いすら受けつけないほどの納豆嫌いだ。朝食はご飯に納豆、味噌汁がベストな芹にとっては辛いところである。

「誰が言い出したんかも分からんようなことやし、僕はそんなもん気にせんでええと思てるんやけど」

肉を飲み込み傍らに置いてあったほうじ茶で喉を潤して、充はそんな前置きから語りはじめた。こういったプロローグが必要だということは、おそらくその先はあまりいい内容ではない。

「桜の柄の着物と帯を着てええのは、せいぜい三分咲きまでって言われとうねん。満開になると桜が主役やから、競い合わずに譲りましょ、って」

「えっ、そうだったの！」

知らなかった。食事中にもかかわらず、一気に血の気が引いてゆく。

「でもそんなん、日本の桜がソメイヨシノだらけになってから言われはじめたんとちゃうかな。種類によって満開の時期なんかバラバラなわけやし、僕にはナンセンスに思えるけど」

「いや、充はそうでも、それをルールだと思ってる人だっているわけでしょ」

「まぁ、おばちゃん世代はそうかもな」

なんてことだ。着付け師さんも花見茶屋の女将も充の母親も、おばちゃん世代だ。両親の心証をよくしようと背伸びして誂えた着物と帯なのに、その世代からの受けが悪くてどうする。あまりにも残念な結果に、ついつい責めるような口調になってしまう。

「なんで言ってくれなかったの？」

「だって僕が見たときには、芹さんもう着てはったし。せっかく機嫌よう着てんのに、野暮なことゆうてもしゃあないやん」

「それはそうかもしれないけど――」

「芹さん背ぇ高うて（たこ）シュッとしてるから、ほんまにあの着物似合てたし。全然恥ずかしがることないで」

「う、うん。そうなの、かな」

なんとなく丸め込まれてしまったが、胸にもやもやしたものが残る。そういうことじゃないんだと反論したかったが、上手く言葉に表せなかった。

食事の後、充の母親が言っていた「晴れがましい」という言葉を辞書で引いてみると、「表だって得意げである」「表だって派手である」という意味が含まれていた。

「ああ、あのときなんか引っかかったのはこれかぁって、腑に落ちた。充はそう言うけど、お母さんには恥ずかしがられてたわけだよ」

充にはどれだけ言っても理解されないであろう愚痴を、エリカはすんなりと受け止めて、「うんうん、分かる」と相槌を打つ。

「息子ってなぜか、母親はないがしろにしても平気だと思ってるよね。女同士は格づけのし合いで大変だっての」

「だよね。『北野をどり』の後ちょっと時間があったんだから、言ってくれれば帰って着替えたのにさぁ」

「気の遣いどころを間違えてるわけだけど、たぶん伝わらないだろうね」

「そう、けっきょく気にしすぎだって言われそう」

充から見た母親と、芹から見た母親は、根本的に違う。充ははじめから許されている存在だ。なにをしても、たとえば会社のお金を使い込んだり、ギャンブルで身を持ち崩したりしても、最終的には許される。でも「息子の恋人」である芹は、不寛容の垣根を突破することから始めないといけない。

「でもさ、不妊検査の件もそうだけど、アンタが行動する前にひとこと充さんに相談してれば防げたことも多いんじゃない？」

芹はぐっと言葉に詰まる。まったくもって正論だ。

「充にも、次からは相談してほしいって言われた」

「うん、そうしな。せっかく一緒にいるんだからさ、なんでもかんでも一人で決めようとするんじゃないよ」

エリカの声が珍しく優しい。鼻の奥がつんと痛んで、芹は慌てて目頭を押さえた。環境が激変したことで、自分でも気づかないうちに疲れが溜まっていたのだろう。

人に頼るのが下手な芹のために、かけてくれた電話なのがよく分かった。これ以上話していると本格的に泣いてしまいそうだったから、「ありがとう、頑張る」と礼を言って通話を切った。

時計を見れば午後八時。ホテルに戻ったらしい充から、『なにか変わったことはなかった？』とＬＩＮＥのメッセージが入っていた。

遠くにいても、ちゃんと気にかけてくれている。二人で生きてゆくと決めたのだ。愛があれば大丈夫とは思わないが、愛がなければなにも始まらない。
ティッシュの箱を引き寄せて、芹は豪快に洟をかんでから立ち上がる。夕飯がまだだった。

一人きりだと面倒で、ついそのへんにあるもので済ませがちだが、今夜は温かくて美味しいものを作ろう。腹が減っては戦ができぬ。嫌なことを考えてしまうのはいつだって空腹時だ。お腹いっぱい食べて体を温めれば、たいていのことは乗り切れる。

そうとなれば、やっぱり鍋だろう。野菜がたっぷり摂れて栄養価も満点だ。シンクに出しっぱなしになっていた掃除道具を洗って片づけ、土鍋ってあったっけと作りつけの食器棚を開けてみる。

あった。一番上の棚に、ちょうど一人鍋によさそうなサイズのものが。さすがは充、一人暮らしでもちゃんと自炊をしていた形跡がある。

踏み台代わりに椅子を運び、その上に立つ。目線が高くなってはじめて気づいた。土鍋の横に、なんとなく見覚えのある小皿が重ねてある。

二色染め分けの銘々皿。手に取って裏を返してみると、『北野をどり』の文字が躍っていた。茶席のお土産にもらえる皿だった。

先日の皿は二枚とも、手の届く棚に入れてある。ではこちらは、充がこれまでにもらってきたものなのだろう。

一、二、三、全部で五枚。元通り重ね合わせ、芹は土鍋を持って椅子を下りた。一人の夜には慣れている。十八からずっと、親元を離れて暮らしてきたのだし。泣きたくなる夜も、お酒に頼った夜もあったけれど、どうにかこうにか生き延びてきた。

土鍋に湯を沸かし、中華スープの素を溶かす。具は冷凍しておいた肉団子と鶏のササミ。冷蔵庫の野菜を適宜放り込んで、蓋をしてひと煮立ち。その間に残ったしめじでナムルを作っていたら、鍋が吹き零れそうになって焦った。

「熱っ！」

伸ばした手を引っ込める。それでも鍋は待ってくれず、スープがジュッと五徳を濡らす。

とっさに傍らの布巾を掴んで蓋を取った。ふわりと立ち昇った湯気が頬を蒸らし、鍋の中では肉と野菜が平和そうに煮えている。肩の力がふっと抜け、芹はその場に座り込んだ。

右手の人差し指がほんのり赤い。唇に当てると熱を持って、じんじんじんと切なく疼いた。

朝起きてすぐ部屋中の床に掃除機をかけて水拭きし、シーツ、枕カバー、布団カバー、大型リネン類をパリッと干す。降り注ぐ日差しに目を細め、芹はふぅと息を吐いた。

いい天気だ。空の青が柔らかく、空気が甘い気がするのは春ならでは。光合成をする草花のように、腕を大きく広げてうんと伸びをし、さて次はなにをしようかと考える。なんとなく気分が塞ぎがちなときは、掃除にかぎる。無心になれるし、部屋が整えば頭もすっきり整理されてゆく。

充が不在のこの四日のうちに、換気扇からベランダの床まで余すところなく磨き上げてしまった。次善策は料理だが、一人ではとても食べきれず、冷蔵庫に常備菜が溜まってゆくばかりである。

仕事一辺倒だったと思われがちだが、長年母子家庭で手助けをしてきたぶん、家事のスキルはそれなりだ。仕事に向き合っていたのと同じ熱量で進めると、ついつい度を越してしまう。

ようするに、暇なのだ。そろそろ職探しを始めたいところだが、充には「もうちょっと落ち着いてからでええんちゃう？」と苦笑いされた。でも引っ越しの荷物はとっくに片づいているし、なにより充以外の人間とほぼ接点のない毎日は、幸福な反面少しばかり息苦しい。彼が仕事に出ている日中は、２ＬＤＫのこの部屋が巨大な水槽のように思えることがあった。

ベランダの手すりにもたれ、あくびを一つ嚙み殺す。三階建ての低層マンションだから、最上階と言っても地面が近い。上から見下ろすと、目の前の通りは驚くほど通行人が少なかった。

住宅が密集しているのに、なぜこれほど静かなのだろう。西陣の境界は定かでないが、広くは上京区から北区に至る、三キロ四方の地域を指すらしい。名所旧跡で表せば、北は大徳寺、東は京都御所、南は二条城、西は北野天満宮に囲まれたエリアである。このマンションは鞍馬口通、西陣の中ではやや北寄りの立地である。

ちなみに充の実家があるのは笹屋町通。歩ける距離なのにわざわざ一人暮らしをしているのは、「あの家、冬めっちゃ寒い」からだという。日本家屋の構造は夏向きに作られていると聞いたことはあるが、「部屋におっても耳が霜焼けになるくらい」だというから相当なものだ。

せっかくだから、町家に住んでみたい気もするけれど。今度充に頼んで、二人で実家に遊びに行ってみようか。けっきょく母親との距離は少しも縮まっておらず、このままではいつ入籍できるか知れたものではない。

「よし！」

掛け声をかけ、手すりから身を剥がすようにして離れる。やることがないなら、出かけよう。家でぐずぐずしているから、未来が不安になってくるのだ。

芹は鼻歌を口ずさみつつトレンチコートを羽織り、財布とスマホだけをポケットに突っ込んだ。

そういえば、まだろくに京都観光をしていない。充が休みの日に少しずつ回りたいと思っていたが、彼にとっては「北野をどり」同様、目新しいものではないだろう。その温度差が、今の芹には辛かった。

ならばべつに一人でいい。時間がある今のうちに、行ける所はどんどん行ってしまおう。

ひとまずバスが拾えそうな千本通(せんぼんどおり)に出て、バス停を目指す。京都の市バスは路線が多く入り組んでいて、とても覚えられそうにない。もうしばらくで二条駅前行きのバスが来るようだが、それは二条城から近いのだろうか。

中学時代の修学旅行で、二条城には行ったはずだ。門を抜けたとたん、玉砂利を敷き詰めたやたらと広い空間が広がっていて、抜けるような空をぽかんと見上げた覚えがある。

そんなことを思い出しながら時刻表を睨んでいたら、背後から声をかけられた。

「どこに行きマスか?」

西のイントネーションではなく、アクセントのつけかたが独特だ。振り返ってみると、長身の白人男性がこちらを見下ろしていた。金髪を雀(すずめ)の尻尾みたいに後ろでくくり、スカイブルーの瞳は吸い込まれそうなほど澄んでいる。なにかのアニメキャラクターらしきものがプリントされたパーカーにジーンズ、足元はなぜか白木の下駄。そのアンバランスさにぎょっとする。

「ニジョウジョウ? ソレならニジョウエキマエ行きがちょうど真裏に停まりマスよ」

親切に道案内までしてくれた。なんだかあべこべな気がするが、確実に芹よりは京都に詳しい。「ありがとうございます」と笑顔を返す。

「どういたしマシテ。観光デスか?」

「いいえ。最近越してきたばかりです」

「トーキョーから、ニシジンに?」

芹の言葉が標準語なのも分かるのだろう。年齢は三十そこそこに見えるが、日本滞在歴は長いのだろうか。

「ええ、そうです」

「お仕事デ?」

「ええっと——」

さらに突っ込んだ質問が返ってきて、芹は斜め上に視線を遣る。こういうとき、もう会うことのない相手と割り切って「そうだ」と答えてしまえばいいのだろうが、誠実さを欠いているようでどうも躊躇してしまう。

「婚約者がこちらに住んでいるので」

正直に答えると、男性は「ウーララ！」と目を見開いた。唐突に言語が切り替わる。

「もしかして、イタクラの倅が連れて来たっていうアレか。今どき織屋の嫁になりにくるなんて、酔狂な女もいるもんだって噂の！」

流暢なフランス語だ。芹はきょとんと首を傾げる。

「見たところもう若くもなさそうだ。他にいい話がなかったのかなぁ」

あまりのことに耳を疑ったが、先ほどは「イタクラ」とはっきり聞き取れた。間違いない。この男は芹の噂を知っている。

「ちょっと、さっきから言ってること筒抜けなんだけど！」

眼光を鋭くして、こちらもフランス語に切り替える。

この展開は予想していなかったのだろう。男は「しまった」とばかりに頬を痙攣させ、だがすぐさま「ハハ！」と愉快げに声を張った。

「笑ってんじゃないわよ、なによその噂って。誰がいつ、そんなことを言ってたのよ！」

芹はフランス語のままままくし立てる。日本語の会話よりも感情がストレートに出てしまうのは、やはり言語と密接に結びついた文化の違いなのだろうか。あちらでは自己主張は強くてあたりまえ。バイヤー時代は喧嘩腰で商談に臨まなければいけないメーカーも数あった。

「いやぁ、フランス語お上手デスね」

男はへらへらと笑いながら、今度は日本語でごまかそうとしてくる。

完全に遊ばれている。怒りに任せ、芹はフランス語のまま押し通す。

「ふざけないで。だいたいアンタ、何者よ！」

「あ、ホラ。バスが来マシタよ」

男が首を伸ばして見た先から、うす緑色の市バスがやって来る。だが今はそれどころではない。

「乗らないわよ！」

「いえ、乗ってクダサイ。ワタシも仕事場に急がナイと」

母国語を入れ替えて言い合う男女を、バス停に集まってきた乗客がぽかんと見ている。

やがてバスは目の前に停まり、プシューと音を立てて後部のドアが開いた。

「ホラホラ、後ろの人困ってマス。早く乗って」

強引に肩を押されて詰め込まれる。これでは下手に抵抗すると、バスの運行に支障をきたしてしまう。

「だから、アンタいったい誰なのよ！」

悔し紛れに最後の質問を投げかける。男はニヤリと片笑んだ。

「デントウコウゲイシの卵デスよ」

「はぁっ?」

人に押されつつ聞き返す。だがこちらの都合などお構いなしに、バスの扉は閉まってしまう。

にこやかに手を振る男の姿が、ガラス窓越しにゆっくりと遠ざかっていった。

三

照明を絞った薄闇の中で、ロウソクの炎が揺れている。温かみのある色なのに、照らし出された人の顔はどこか不気味だ。顔の下半分をオレンジ色に染め、充が調子外れな歌を歌う。

「ハーピバースデー、ディア、芹さん。ハーピバースデー、トゥー、ユー」

手拍子で調子を合わせていた芹は、唇をすぼめてロウソクを吹き消した。この予定調和が恥ずかしい。五月二日、なにせ今日で三十九歳。三十代最後の年に突入してしまった。

「いやぁ、ありがとう。なんか、ごめんね」

充の拍手が収まってから、芹はとほほと頬を掻いた。ベリーと生クリームがたっぷり載ったバースデーケーキには、ロウソクが四本。これは四捨五入されたのだろうか。

「なんで謝るん。お祝いごとやん」

リモコンで照明を元に戻し、充は唇を尖らせた。

「もう祝われる歳でもない」という言葉は決して照れ隠しの方便ではないのだが、二十七歳の彼にはまだ実感できないのだろう。芹もかつては祝われて当然とばかりに恋人に対しそれなりの期待をしたものだが、三十九回もこの日を迎えてしまうと、もはやどうでもいい普通の日だ。

なのに充は張り切ってフレンチのディナーをご馳走してくれ、帰宅してみると冷蔵庫にはホールケーキがスタンバイしていた。二人掛けのソファに並んで腰掛けてはいても、互いの高揚感には落差がある。

「芹さんとつき合うてはじめての誕生日やもん。僕がやりたかったんやって」

つるりとした頰で充が笑い、芹もつられて口角を上げた。

大切にされているのは知っている。けれどもなんとなく喉元が苦しいのは、昼間の電話のせいだろうか。それは実家の母親からのバースデーコールで、しばらく世間話をした後に、「結納やお式の日取りはどうするの?」と尋ねられた。

「うん、とりあえずまだこっちに越してきたばかりだし、もうちょっと落ち着いてからでもいいかなって」

「あらそう。でもあんまりぐずぐずしてると四十になっちゃうわよ」

「やだ、やめてよぉ」

そう言って笑った芹の声は、上擦ってはいなかっただろうか。

本当は、話し合いなどちっとも進んでいない。それどころか充の母親には顔を合わせるたび、「あら、またお会いしましたなぁ」と嫌味を言われる。ようするに、「懲りもせんとまだ居座ってましたんか?」というような意味合いなのだろう。

京都の、中でも洛中人とのコミュニケーションは難しい。先日も充の母親が華道の免状を持っていると聞いて「教えてください」と願い出てみれば、「ええ、ほな今度」と返ってきた。だが具体的に日程を詰めようとすると、露骨に嫌な顔をされたのである。ストレートな物言いを好む芹だから、こういった白黒つけない言動にはよけいにフラストレーションを感じる。近ごろは喋ろうとすると喉に小骨が刺さったような違和感を覚えるようになってしまった。

だがそれは充の母親も同じことだろう。息子との結婚を認めないのはなにも年齢のせいばかりではない。京都人らしい距離感を摑めない芹が煩わしいのだ。

ならばこちらが歩み寄って、京女としての振る舞いを学ぶしかない。そう思い道端や電車などで人の会話を盗み聞きしているのだが、これが実に難解だ。

「あれ、香水変えはった? えらいええ匂いやねぇ」

「ああ、すんまへん。ちょっとキツかった?」

「ううん、そういうわけやないけども」

「失礼、お手洗いで拭いてきますわ」

この会話をカフェの隣の席で聞いていた芹は、思わず頭を抱えた。話がまったく嚙み合っていないように聞こえるが、当人たちは平然としている。つまり「えらいええ匂い」に正反対の意味を含ませていたということか。

なんて高度なコミュニケーションスキルなのだろう。不快感を伝えるのに、否定的な言葉を一つも使っていない。

褒め言葉に見せかけた毒。芹なら額面通りに受け取って、「ありがとう」と返してしまう。では本当にいい匂いだと思ったときには、なんと言えばいいのだろう。

まったくもって悩ましい。だがこの阿吽の呼吸を飲み込めるようにならないかぎり、充の母親に気に入られることはなさそうで、そうこうしているうちに冗談ではなく四十路に突入しかねない。笑顔も引きつるわけである。

「どうしたん、芹さん。ちょっと酔った？」

気遣わしげな充に手を握り込まれ、我に返る。誕生日を祝ってもらっておいて、物思いに耽っている場合ではない。

「ううん、平気。本当にありがとう。さ、紅茶でも淹れよっか」

「そんなん僕がやるし。待って、その前に」

立ち上がりかけた芹を制し、充が半身を捻ってソファの傍らに置いた鞄をまさぐりだす。プレゼントかな、と見当はついたが、素知らぬふりで次の一手を待った。

嬉しいけど、これ以上気を遣ってくれなくてもよかったのに。そう思っていると目の前に、「はい」と京都市の紋章が入った封筒が差し出された。区役所などでもらえる窓口封筒だ。

そのサイズ感からなんとなく中身は予想できたが、やはり二つ折りの婚姻届が入っていた。

「昼休みに役所行ってもろて来てん。ほんまは指輪あげよう思てたんやけど、芹さんのほうがセンスええし、好きなブランドもあるやろし。今度一緒に見に行こな」

これは京都市のオリジナル用紙なのだろうか。ピンクの地に桜と紅葉が舞い散り、提灯や八坂の塔らしきものが描かれている。

「証人欄は友達に頼んで、書けたらすぐ出しに行こ。覚えやすい日がええよな。五月五日のこどもの日とかどやろ。たしか祝日でも出せるやろ」

充はやけに饒舌だ。だがその言葉は芹の意識の上を滑ってゆく。

そうか、こんな紙切れ一枚のことなのか。手続き的には、先日出した転居届と変わらないじゃないか。

共に生きる決意ならもう固めている。だったらこれを出すタイミングなんて、さほど問題ではないのかもしれない。

「誕生日に出しに行くって手もあったなぁ。でも芹さんの誕生日はそれだけで祝いたかったし、記念日ダブらすのも――」

「ねぇ、充。どうしたの？」

充が取り乱して見えるせいで、こちらはかえって冷静になれた。

「なにを焦ってるの？」

問いかけると、ぐっと言葉に詰まる。言外の意味をくみ取ることに長けた京都人だ。もしかするとここ数日の芹の焦りが伝染していたのかもしれない。

「だって芹さん、嫌になるんちゃうかと思て」

やがて充はしょんぼりと肩を窄めてそう言った。

「こんなとこまで連れてこられたのに、宙ぶらりんのまんまで。そのうち愛想つかされそうや」

変に威張らず、自分のみっともなさを素直に出せるのがこの人のいいところ。そんな性質を可愛いと思えるのは、やはり歳が離れているせいだろうか。

「馬鹿だなぁ」

愛おしさのあまり、身も蓋もない返答をしてしまった。

「せやけど結婚に親の同意がいる歳でもなし、けっきょくは二人の問題やから」

「でもさ、私たちこれからも西陣で生活していくんでしょ？　そういう無理を通しちゃうと後々キツいよ。一応あなたもお父さんの下で働いてるんだしさ」

「──うん」

「私も針の筵だよね。こんな噂、すぐに広まっちゃうだろうし」

「ごめんなさい、焦りました」

言い返す言葉もなくますます肩を落とす、そんな充の頭を芹はよしよしと撫でてやった。

父親に似れば、おそらく二十年後にはこんなに髪がフサフサしてはいないだろう。だけどそんな充も見てみたい。これを愛と言わずしてなんと呼ぼう。

「心配しないで。持久戦の覚悟はもうできた。お母さんたちが根負けするまで粘るわよ」

「でも芹さん、疲れてへん?」

「べつに。お母さんも充が大事だからこそ反対してるんだろうしさ。ほら、早く紅茶淹れて。ケーキのクリームへたっちゃう」

「芹さんはやっぱり、かっこええなぁ」

「でしょ」

親指を立ててみせると、充はやっと微笑んだ。「うん、お茶やね」と頷いてキッチンに立つ。その背中を見送ってから、芹はやれやれと息をついた。

焦燥感を覚えていたのは、なにも芹ばかりではなかったのだ。申し訳ないという気持ちがあるぶん、充のほうが追い詰められていたのかもしれない。

しっかりしなきゃと頬を叩き、ケーキに刺さったままのロウソクを抜いてゆく。

一、二、三、四。

若いころならまだしも、フレンチのフルコースの後に生クリームたっぷりのケーキは正直重い。それでもかっこいい芹さんは、涼しい顔でペロリと平らげてやるのだ。

しかし粘り強さという点では、充の母親も相当なものである。

足の痺(しび)れを堪(こら)えつつ、芹は隣で花を生ける若い女の指先に見入っていた。白く滑らかな手で鋏(はさみ)を扱い、ほどよく花を配置してゆく。その所作の一つ一つが、うっとりするほど美しい。

五月五日のこどもの日は、観光客でごった返す京都を抜け出し、充と二人で神戸に行った。異人館も中華街もどのみち人は多かったが、心はやけに軽かった。

西陣にいる間はそのつもりがなくとも、どこか緊張しているのだろう。それを見越して充は「思いつきで悪いけど」と言いつつ、旅行に誘ってくれたのだ。

翌日は土曜だったのでそのまま一泊し、今は日曜の午後である。お土産を渡したくて充の母親に電話をすると、「ほなちょうどええし、お花教えたげるわ」と訪問を許された。

そのかつてない上機嫌ぶりを、もっと疑ってかかるべきだったのだ。やっと打ち解けてきたかと喜んで笹屋町通の町家に赴けば、呼び鈴に応えて出て来たのは目も覚めるような美女だった。

艶々とした黒髪を肩先に垂らし、素地のよさを知りつくしている薄化粧。桜色の唇をきゅっと窄めるようにして、女は芹に笑顔を見せた。

「まぁ芹さん、お久しぶり。お元気でした？」

やんわりとした西のイントネーション。だが芹は女に面識がなく、ぱちくりと目を瞬くばかり。背後に控えていた充が、「なんやお前」とやけにくだけた口調で言った。

「そうか、今日は公休日か」

「せやの。ここんとこずっと休み返上でお座敷やったから、やっとゆっくりできるわぁ」

女のほうも、鼻にかかった甘えたような声を出す。お座敷と聞いて、ようやく心当たりの名前が浮かんだ。

「芹さんとは、お抹茶で溺れはって以来ですねぇ。器用なことしはるなぁって、感心してましたんえ」

やはりそうだ。「北野をどり」の茶席での、芹の失態を知っている。

爽やかな水色のワンピースに身を包んだ姿は女子大生のようで、玄人にはとても見えない。だが間違いなく上七軒の芸妓、菊わかこと若葉である。

「ああ、芹さんいらっしゃい。ちょうど若葉ちゃんが遊びに来てくれはってなぁ。ほんま奇遇やわぁ」

通り庭と呼ばれる土間の入り口には奥の台所が見えないよう暖簾がかかっており、それを掻き分けて充の母親が顔を出す。奇遇と言うわりにその笑顔には、作為的なものが感じられた。

そんな経緯があり板倉家の一室に菊わかと二人、並んで花を生けている。芸舞妓は華道の素養もあるらしく、「花材少ないけど、好きな花器選んで自由に生けてみて」と言われて菊わかは、少し考えて浅めの青釉の水盤を手に取った。頭の中にイメージができているのか、その後の動作に淀みはない。

一方芹が選んだのは、陶製ではなくガラスの水盤である。透明のごくシンプルなもので、上から見ると三日月形になっている。

すっかり初夏の陽気だから、涼しげに仕上げてみよう。葉のつきかたが愛らしい枝ものを手に取って「これはなんですか」と尋ねれば、ドウダンツツジだという。その枝ぶりが気に入った。

「いやぁ、ええわぁ若葉ちゃん。足元がすっきりしやはって、粋やわぁ。やっぱりずぶの素人さんとは全然ちゃうなぁ」

まだ生けている最中なのに、母親は菊わかを褒めちぎる。ずぶの素人を目の前にして、当てつけも甚だしい。充が別室で父親と話し込んでいるものだから、言いたい放題である。

「おばちゃんそんな、初めての人と比べはったら失礼やて」

菊わかもまたフォローしているようでいて、ねっとりとした口ぶりである。

「そういや芹さん、こないだお誕生日やったんですよね。おめでとうございます」

パチン。余分な茎を切って菊わかが、柔らかな微笑みを向けてくる。どうして知っているんだと訝りながら、芹は申し訳程度に頭を下げた。

「はぁ、ありがとうございます」

「あのお店、なかなか美味しかったでしょう」

そう言って菊わかが挙げたのは、充が連れて行ってくれたフレンチレストランの店名だった。艶やかな唇の端が得意げに持ち上がる。

「ええ店知らんかてお兄ちゃんに聞かれて、うちが紹介したんですよ」

「お兄ちゃん?」と問い返し、充のことだと合点した。二人は幼馴染みだと聞いている。

「そうだったんですね。どうりで、充らしからぬお洒落なお店でした」

「指輪はハリー・ウィンストン一択って言うといたんですけど、もらいました?」

「いえ、それはまだ」

「あらぁ。もしかしてお兄ちゃん、値段見て怖気づかはったんかなぁ。ちゃんとおねだりせんとあきませんよぉ」

「そんな。べつにハリー・ウィンストンじゃなくていいですし」

これはいったい、なにアピールだ。ことさらに充との親密さを強調してくる。妹分としての嫉妬と解釈するには、「お兄ちゃん」と呼ぶ声が甘すぎた。

「まぁ、若葉ちゃん。そのアザミの配色、最高やねぇ。センスあるわぁ」

指輪の話題などかき消してしまえとばかりに、充の母親が声を張り上げる。

枝の流れを整えようとしていた指先に、余分な力が入ってしまった。


「ああ。なんてゆうか、斬新やね」

芹の初作品を見て、充は無邪気に感想を述べた。力加減を誤ったせいで、ドウダンツツジの下の枝が折れかけている。鑑定眼がなくとも分かる、失敗作だ。

「ほんにねぇ。不思議なもんで初心者さんでも生け花には、ちゃぁんとその人の心が出ますわなぁ」

菊わかの作品をいそいそと床の間に飾り、充の母親がほうっと溜め息をつく。アザミの花と葉もの、枝ものが、おそらく緻密な計算の上に配置されているのだろう。洗練とはさりげないものだと思わせる奥床しさと、艶があった。

「なるほどなぁ。枝もの一種類で勝負に出てくる潔さが、たしかに芹さんらしいわ。僕はええと思う」

充が母親の当てこすりを逆手に取って、芹を褒める。にこにこと機嫌のよかった菊わかの笑みが、瞬時に固まったのが分かった。

「んもう、お兄ちゃん。日曜日まで仕事したはんの？　どっか遊び行こうさぁ」

それでも気を取り直して充の肩にしなだれかかる。ここまで露骨だと、もはや疑いようがない。菊わかを板倉家の嫁にという願望は、なにも母親の独断ではなかったのだ。

「はいはい。お駄賃あげるから、外で甘いもんでも食べてきぃ」

誰もが羨む（うらや）ような美女に甘えられて、充は少しもときめかないのだろうか。芹の目を意識する様子もなく、軽くあしらっている。我ながら、充の好みの基準が分からない。

「んもう。仕事とうち、どっちが大事なん？」

「仕事かな」

「聞いたぁ、おっちゃん。こんなん言わはんでぇ」

菊わかは充の父親にまで駄々をこねる。本当に家族ぐるみで仲がいいのだろう。父親もうんと目尻を下げて、「しゃあない奴（や）っちゃなぁ」と笑っている。そんな表情は見たこともない。

喉の奥が少し苦しい。この輪の中で、芹は異物だ。でもこの疎外感を味わわせるのが充の母親と菊わかの狙いだろうから、ぐっと腹の底に力を込める。

居間の座卓には、仕事の書類らしきものが広げられていた。どれもこれも店舗用の間取り図だ。充の父親が、仕事の話になると饒舌になるのは知っている。

「お店、出されるんですか？」

「ああ、せやねん」

水を向けると、案の定乗ってきた。

「初の試みやけど、直営店を出そ思てな。うちの帯と、協力してくれはる着物メーカーさんとでな」

「問屋さんを通さずに？　それっていいんですか」

以前会社に遊びに行ったときに、西陣織の流通のあらましは聞いていた。織り上がった帯はまず西陣の上問屋に集められ、それから室町（むろまち）の下問屋で着物や小物と合わさり、地方問屋、それから各小売店へと流れてゆく。その伝統的なシステムを崩すのだから、中間業者から苦情が上がってもおかしくはないはずだ。

だが父親は、「いいや」と首を横に振った。

「もう問屋に昔みたいな勢いはないからな。上問屋はバタバタ倒れていかはるし、下問屋はもう別の商売したはる。文句つけてきよるような元気な奴は、誰もおらへんわ」

「そんなに弱ってるんですか」

「まぁな。商品は買い取りやなくて浮貸(うきが)しばっかりやし、売れた分の支払いも三百日の手形やろ。うっとこに現金入ってくるまで十ヵ月かかるわけや。そんなんにつき合うてたら、そのうち干上がってまうわ」

金融用語かと思ったが、浮貸しとは問屋に商品を貸しておいて、売れた分だけを回収する商習慣のことらしい。ようするに、百貨店で言う委託仕入だ。

指先で器用にボールペンを回しながら、充が口を挟む。

「それに小売店も、景気がよかったころに無茶な売り方してきとるから、顧客からはもうそっぽ向かれてはんねん」

「たしかに呉服屋さんって、怖いイメージあるよね。前に着物を買いに行ったときも、店員さんがつきっきりでずっと電卓叩いてた」

言わずと知れた、桜柄の帯と着物を購入した際のことである。芹は店頭に飾ってあった板倉織物製の帯が見たかっただけなのだが、あっという間に店員に取り囲まれて、手際のよいピンワークで反物を体に巻きつけられた。買うとも言っていないのに、「上代価格はこちらになっておりますが、これだけお値引きして、このお値段で！」と電卓を突きつけられ、閉口したものである。

あれでは好みのものをゆっくり選ぶこともできないし、気の弱い人なら押し切られかねない。幸い芹はその手の交渉に慣れていて、納得のいくまで商品選びを続けたわけだが。

「実は小売さんって、上代価格好きに決めてええことになっとぉねん。だいたい浮貸しで五万の商品やとしたら、展示会で二十倍はつけよるな」

「ええっ、百万？」

「そんでお客さんが渋ったら電卓取り出して、『ほな七十万でどやろ。それでもあかんか、五十万。ええい大まけにまけて三十万！』ってやらはるわけや。それでも二十五万の儲け」

「そういえば、大まけにまけてくれた！」

「せやろ。でも今は消費者も賢いから、懐疑的になったはる。七十万も値引きでける商品ってなんやの！　って話やし。堅実な商売やったはる小売さんもないわけやないけど、少ないな」

あまりの衝撃に頭がクラクラしてきた。そんな商売が長続きするはずがない。エリカに教えてもらった無料着付け教室のからくりといい、呉服業界の悪習には驚かされるばかりだ。

充の父親が、自戒を込めて苦く呟いた。

「けっきょく今の着物離れもな、着物を文化としてやなく、ただの高額商材として扱ってきた流れや思うねん。それを見過ごしてきたうちらメーカーにも責任あるわ。顧客のニーズから離れてしもたら、商売にならん」

「それで、直営店を？」

「うん、まぁな」

充の母親も菊わかも、会話が弾んでいるのが不服そうだ。家業の話題だけに遮るタイミングが難しいらしく、「ねぇ、あれ聞かはった？」と二人で声高に喋りだす。芹の知らない誰かの噂だ。

本当に、こういう話が好きなんだろう。噂の主の息子さんが三浪中らしいことに同情はするが、参加する気にはとてもなれない。

芹は広げられた間取り図に視線を落とし、ふと呟いた。

「どうして埼玉の物件ばかりなんですか？」

「うん？」と充の父親が首を傾げる。

「見たところ、大宮か浦和ですよね。そちらに上顧客がいるとか？」

「いいや。首都圏やったらそこらへんが、店賃手頃で交通の便がよさそうやし」

「なるほど、予算の問題はありますよね。でもどうせ経費をかけるなら、東京に出したほうがいいと思いますけど」

「ちょっと芹さん！」芹の差し出口に、母親が青筋を立てる。

だが父親はそれを制し、「ふん、ほんで?」と先を促した。

「集客と話題性です。東京なら全国から人が集まりますけど、大宮や浦和で買い物をするのは地元の人です。着物なら銀座——いえ、今は原宿でしょうか」

最近は原宿にアンティークから高級店まで、センスのいい呉服屋が増えてきたとエリカが言っていた。ハードルの高すぎる銀座よりは、若々しくて勢いがありそうだ。

「顧客を育てるという観点で言えば、原宿ですね。できれば表参道近辺の、一階店舗。ギリギリ妥協しても人通りの多い場所の二階。もう一つのメリットの話題性は、テレビへの衣装協力です。知人にスタイリストがいますが、短期間で衣装をかき集めなければいけないので、都内でなければまず声がかかりません。大河ドラマの衣装なんて、やってみたくはないですか?」

「おお、そらええな」

大河と聞いて、父親の目が輝いた。どうやら日曜夜八時を楽しみにしているくちらしい。

「今は座して待っていても人が集まりませんから、もっと仕掛けていきましょう。百貨店の催事でも、コーディネートやお手入れの講座などがあると集客が見込めました。あとは安価な着付け教室。名古屋帯のお太鼓だけを覚えたいという方もいらっしゃるでしょうから、コースにはせず一回千円くらいで。それからそうだな、顧客の横の繋がりと、着る機会がほしいですね。たとえばお出かけイベントを開催するとか」

どれもこれも、直接売り上げに繋がるものではない。だが、ただ物を売ればいいという時代はとっくに終わった。消費者は付加価値にまで目を向ける。

件の桜柄の着物と帯が仕立て上がり、呉服屋に引き取りに行ったとき、またもや店員に取り囲まれて「次は夏物なんてどうですか。いい夏牛首の反物が入ったんです」と電卓を取り出され、うんざりした。それだから呉服屋はいつも閑散としているのだ。

買わなくても気軽に入れる。行けば顔見知りの店員さんがいて、お友達もできる。分からなかったことを教えてもらえれば、通ううちに目も肥えてゆくだろう。呉服はまず、本物にじっくりと触れる機会を作ったほうがよいのではないか。

「商品のラインナップも、比較的お求めやすい半幅帯からあるといいですね。間口は広く、長いおつき合いを――」

仕事ではアイデア出しが、最も辛くて楽しかった。考え出すと止まらなくなってくる。だが気分が乗ってきた芹を横目に菊わかが、「アホらし」と吐き捨てた。

「店賃の高いとこで収益にもならんことばっかりしはって、安い帯売らはるんですか？そんなん、あっちゅう間に左前ですやん」

「でも、長い目で見れば絶対に――」

「長い目って、どんくらい？　半年？　一年？　三年？　その間持ちこたえられるだけの体力があればええですけどなぁ」

意外に直接的な物言いをしてくる。芹には板倉織物の台所事情までは分からない。反論の余地はなかった。

「そうかな。僕は使えそうな案もあったと思うで。なぁ、お父さん」

「まぁ、せやな。素人さんの意見も聞けて面白かったで。おい、母さん。そんな隅っこにいてんと、羊羹でも切ってくれへんか」

素人考えと決めつけられても仕方がない。予算を度外視していいならなんとでも言える。アイデアが広がるのが楽しくて、つい調子に乗ってしまった。

「すみません。私がやります」

立ち上がりかけて、充の母親に顔を向ける。母親は正座のまま、歪んでもいない床の間の軸を直していた。

「羊羹はどこに？」

「さぁ。台所の棚にでもありますやろ」

そっけない声で返し、こちらには目も向けない。その背中からは言葉にならない、不穏な空気が漂い出ている。

ああ、またやってしまったようだ。己の学習能力のなさが嫌になる。

台所のある通り庭に、芹はすごすごと退出してゆく。続いて充も腰を浮かしかけた。

それをやんわりと菊わかが制す。

「ええ、ええ。うちが行くわ」

古い家だが水回りだけはリフォームしてあるらしく、タイル張りの台所はIH化されていた。後からついてきた菊わかが勝手知ったる様子でやかんに水を張り、クッキングヒーターにかける。続いて年代物の水屋簞笥の上段を開け、「はい」と羊羹を手渡してきた。鶴屋吉信の練羊羹だ。

「すみません、ありがとうございます」

「ん、べつにええけど」

充の前では出さないであろう、低い声だ。もはや敬語ですらない。

驚いて菊わかの顔を見ると、洗い流したように微笑みが消えている。取り繕わぬ素の表情だったからこそ、続く言葉が胸にこたえた。

「芹さんあんた、西陣に合うてへんわ。悪いこと言わんから、はよ東京に帰りよし」


ほいっと、ほいっと、ほいっとぉ。ほいっと、ほいっと、ほいっとぉ。

威勢のいい掛け声と共に、金ピカの神輿が担がれてゆく。先導の太鼓が打ち鳴らされ、神輿が揺れるごとに飾り金具がシャンシャンシャンと音を立てた。

それぞれの町名が入った白い半被。手拭いを鉢巻にして、顔を黒光りさせた男たちが声を張り上げる。

天気予報によると、今日は三十度超えの真夏日だという。夕方になりようやく日も傾いてきたが、昼過ぎから町中を練り歩いている男たちの足取りにはうっすらと疲労の色が見える。

並んで見物していた充が、耳元に顔を寄せてきた。

「なかなか威勢ええやろ」

「うん、意外。京都のお祭りって、もっと静々としてるイメージだった」

「葵祭とか時代祭とか？」

「そう、それそれ。テレビでしか見たことないけど」

「五日の神幸祭は、神戸行ってて見られへんかったしな。京都の祭りゆうたら、むしろこっちが主流やで」

西陣地域の氏神様、今宮神社の還幸祭である。お宮から西陣の町中にある御旅所（おたびしょ）に神様をお迎えする儀式が神幸祭、帰っていただくのが還幸祭で、毎年五月に催されるものらしい。

氏子地域の祭りにしてはなかなか規模が大きく、交通規制をしたアスファルトの道路を牛車が通って行ったのには驚いた。車輪の軋（きし）む音がすさまじく、こんなものに揺られていた平安貴族たちはよくぞ平気だったなと思う。

祭りのメインは剣鉾(けんほこ)と三基の神輿らしく、今目の前で担がれているのが先神輿だ。かなり大型の神輿である。

「あれ、台車に載せちゃった」

「今はどっこも人手不足やからな。今宮さんの神輿は京都一の大きさで、担ご思たら一基あたり五十人はいるらしわ。だから千本中立売(せんぼんなかだちうり)で舁(か)き上げする以外はずっと、台車に載せて牽(ひ)いたはんねん」

「充は担がないの？」

「う〜ん、どっちかっちゅうと下職さんらのほうが担いではるかな。あとはよそからのボランティアさんとか、学生さんとか」

つまり西陣の旦那衆は、汗をかく側ではないのだろう。

菊わかに「西陣に合うてへん」と言われて、ちょうど一週間。率先して神輿を担ぎたいタイプの芹は、こんなところにも相違を見つけて落ち込みそうになってしまう。

「こういう景気ええの、芹さん好きかな思て」

「うん、お祭り全般好きだね」

「よかった。取っつきにくいとこもあるけど、やっぱり少しでも町のこと好きになってもらいたいし」

祭りの最中で誰が見ているともしれないのに、充が手を握ってくる。芹は今大注目のよそ者だ。きっと後で噂になることだろう。それでも堂々としていればいいと、言外に励まされているようだった。

「うん、ありがとう」

充の手は赤ちゃんのように柔らかく、握り返すと心地よい。やっぱりこの人の隣を、誰かに明け渡すのは嫌だ。たとえ相手が菊わかほどの女であっても。

そもそも東京にだって合わないところはいくつもある。満員電車も行列も高層ビルに囲まれた狭い空も芹は嫌いだ。それでも住んでいれば愛着も出てくる。町というのはそんなものだ。

「散歩がてらぷらぷら今宮さんに先回りして、あぶり餅でも食べよか」

神輿が去った後のオープンカーになぜか宮司が乗っていて、芹は久しぶりに大笑いした。美味しそうな提案に、満面の笑みで頷いた。手を繋いだまま、千本通を北上してゆく。

この規模の祭りであれば、東京なら歩道は人で埋めつくされて、移動するのもひと苦労だろう。祭りを見に来たのか人に揉まれに来たのか分からなくなって、ぐったりするのがおちである。

だが京都では三大祭りがあまりに有名すぎるせいか、足を止めて見物している人の姿はまばらだった。それだけに、前方で一眼レフカメラを構えている外国人男性が目立っている。

雀の尻尾のような金髪に、足元は白木の下駄。考えるより先に芹は「あっ！」と声を上げていた。

ファインダーに集中していたのだろう。男はビクリと肩を震わせ、振り返る。

「オウ。マタ会いマシタね」

やはりいつかのフランス人だ。芹の姿を認めると、ピュウと尻上がりな口笛を吹いた。

「そりゃ会うわよ。狭い町なんだから」

「やぁ、ニコラ。久しぶり」

気色ばむ芹とは対照的に、充は呑気に手を振っている。手繫ぎ散歩はこれにて終了である。

「コンニチハ、ミツル。ワタシ、このあいだアナタのフィアンセに会ったんデスよ」

「うん、聞いてる。すぐニコラやて分かったわ」

バス停で会った奇妙な外国人の話をすると、充は「ああ、それニコラやな」と即答した。西陣界隈では有名らしい。なにせ外国人にして無謀にも、西陣織の世界に飛び込んできたというのだから。

「まさか、製織の職人さんだったとはね」

「いやぁ。ワタシなんてシショーに比べたらマダマダ」

日本在住三年目と聞いているが、謙遜まで覚えている。今は師匠の工房に、住み込みで仕事をしているそうだ。職人ではあるが、伝統工芸士認定試験の受験資格は、実務経験十二年以上。だから自己紹介が「デントウコウゲイシの卵」だったのだろう。

「あ、もしかして山根（やまね）さんも担いだはんの？」

「もちろんデス。ミコシのタメに生きてマス」

山根というのがニコラの師匠で、板倉織物ともつき合いがあるらしい。織元からの依頼で帯を織る、出機の職人だ。ニコラはその雄姿をカメラに収めていたのだという。

「どの人？」

ちょうど三基目の神輿、大宮神輿に追いついた。ニコラが前方を指し示す。

「あそこデ、ナガエ（長柄）に取りついて鳴りカン鳴らしテマす」

「あれ、意外に若い」

伝統工芸士というとなんとなく、お爺（じい）さんをイメージしがちだ。しかし担ぎ棒を威勢よく揺らしているその人は、短髪に白いものが交じってはいるものの、まだ四十代の壮年に見えた。

思わず呟いた芹の顔を、ニコラが高みからじっと見下ろしてくる。まるで他の生き物を観察しているような目つきだ。

「なによ？」

初対面の印象が悪かっただけに、こちらもつい身構えてしまう。だがニコラはにっこりと微笑みかけてきた。

「いいえ、別ニ。ところでアナタ」

そこまで言って、続きをフランス語に切り替える。

「もうミツルのお嫁さんにはなれたんですか？」

確実に、分かった上で言っている。

カチリ。怒りのスイッチが入ってしまった。


「なにをゆうてたんかは知らんけども、ほんまうちの弟子が堪忍なぁ」

カシャンカシャン、カシャンカシャン。休みなく力織機（りきしょっき）の動く音がする。奥の工房から出てきた山根は、芹の顔を見ると「ああ、あんたか」と、すまなそうに謝った。

「いいえ、とんでもない。こちらこそご迷惑をおかけしまして」

頭を下げ、芹は持参した菓子折りを差し出す。山根の頬に貼られた、絆創膏（ばんそうこう）が痛々しい。

昨日の還幸祭ではニコラを相手に、溜まっていたものが爆発してしまった。いきなり始まったフランス語の喧嘩に、神輿を牽いていた山根もなにごとかと驚いただろう。

正確にはフランス語だったのは芹だけで、ニコラは例によって日本語でのらりくらりとかわしていたのだが、それがいっそう癪（しゃく）に障（さわ）った。あの男には、芹を苛立（いらだ）たせる才能がある。

言葉が分からないだけに充も間に入りかね、芹はどんどんヒートアップしていった。ついには拳を振り上げてしまったが、本気で殴ろうとしたわけではない。一瞬の衝動が抑えきれなかっただけで、そのまま下ろすつもりだった。しかしその拳の裏が、神輿を離れて様子を見に来た山根の顔にクリーンヒットしたのである。

そのせいで山根の眼鏡は吹っ飛び、爪でも引っかかったのか、頬に傷を作ってしまった。

「べつに眼鏡壊れへんかったし、たいしたことない。そんなんもろたらよけいに悪いわ」

「でもあの、フレーム少し歪んでますよね」

「これは前から。床に置いたぁったん忘れて、ちょっと踏んでしもてん」

そうは言っても、芹に気を遣わせないための嘘かもしれない。そんな勘繰りを起こさせるほど、山根の態度は鷹揚だった。

身長も横幅もそれなりにあり、着古したTシャツに短パン姿。気難しい人が多そうな伝統工芸士には、やはり見えない。

「それでも、怪我をさせてしまいましたから」

「ちょっとかすっただけなんやけどなぁ。まぁええわ、ほんならお茶にしよ。芹さんやっけ。ほら、こっちおいで」

ようやく菓子折りを受け取ってくれたものの、このまま帰すつもりはないようだ。

「力織機が動いてるのん、見たことある?」

「いいえ、ないです」

「じゃあ見せたげよ。ついといで」

山根の自宅兼工房は、充の実家と同じ鰻の寝床だ。通り庭の土間の途中に台所があるのも同じ。その先に木戸があり、それを開けると力織機のカシャンカシャンという音がいっそう大きくなった。

「ニコラ、休憩。お茶にしよ」

声を張り上げないと、相手には聞こえない。この家の玄関にチャイムはなく、『ご用の方は引き戸を開けて中のブザーを押してください』と注意書きがしてあった。これはたしかに一般家庭のチャイムでは気づかないだろう。

「わ、天井高い」

表から見ると普通の町家と変わりなかったが、工房は高さのある力織機を入れるために吹き抜けになっている。織屋建てというのだと、後で山根が教えてくれた。

力織機が二台向かい合わせに置かれてあり、その奥にもう一台。今は奥の一台だけが動いており、ニコラが背を向けて立っていた。

「あのシュッシュッて横に動いてんのが緯糸を通す杼(ひ)、つまりシャトルな。そんで筬(おさ)がガチャンと動いて緯糸を打ち込んでくれねや」

山根が耳元で解説してくれるが、聞き取るのがやっと。すさまじい速さで杼が走り、目で追うのもやっとである。

「おおい、ニコラってば」

二度目の呼びかけで、ニコラは背後から見てもそれと分かるほど大袈裟に溜め息をつき、機械を止めた。不機嫌な顔で振り返る。

「なんやねんその顔。ほら、芹さんお茶菓子持って来てくれたから、お茶淹れてぇや」

「マダ十時半デスよ」

「ちょうどええ。昼前の小腹が空く時間や」

やれやれと言わんばかりに首を振り、こちらへ近づいてくる。芹の脇をすり抜けざまに、ニコラはフランス語で言い捨てた。

「仕事中に訪ねて来るなんて、非常識なんだよ」

いつものふざけた調子ではなく、とっさに仰ぎ見た横顔は硬かった。

往来に面したミセの間の、糸屋格子を通して差し込む光の陰影は美しい。屋内のほうが暗いため外から中は窺えないが、中からは意外に外の様子がよく見える。

「いやぁ、散らかってて悪いなぁ。なんせ男の二人所帯なもんで」

山根は恐縮しつつ、長方形の座卓を埋めていた紋意匠や色糸の見本、袋に入った完成品などを、ひとまず天板の片側に寄せた。壁際の棚に並んでいるがま口バッグは織元からの注文ではなく、工房のオリジナル作品だという。ポップな水玉模様が可愛らしい。

「いいえ、お構いなく。って、ニコラとお二人なんですか？」

「そう、むさ苦しやろ。恥ずかし話やけど、五年前に嫁はんと息子に逃げられましてね」

「あ、すみません」

「かまへん、かまへん。案外楽しいやってますわ」

そこへニコラが、とても楽しくやっているとは思えない表情で入ってきた。芹のお持たせの阿闍梨餅を一つずつ皿に盛り、煎茶らしき湯呑を差し出してくる。きちんと湯冷ましがされており、情けないことに芹が淹れるよりも旨かった。

「充くんは、お仕事？」

「はい、今日からまた東京に出張で」

「ああ、そう。あの子も行ったり来たりしてはんなぁ」

山根の家は、六代続く織り職人だという。業界の人間関係には当然詳しく、充のことも幼いころから知っているようだ。

ニコラはひとことも口を挟まずに、黙々と阿闍梨餅を食べている。昨日の喧嘩が尾を引いているのか、それとも本当に仕事を中断されたのが嫌だったのか。

たしかに訪問時間は選ぶべきだった。織り職人というのは、もっと優雅なものと思い込んでいた。まさか高速で動く機械を相手にしているとは、考えもしなかった。

「あの私、お仕事の邪魔になってますよね？」

「そう思うナラ帰レバ？」

「こら、ニコラ」

ようやく喋ったと思えば憎まれ口。ニコラは高い鼻をツンと反らす。

「ワタシたちの仕事、工賃二十銭デスよ。分かル？　ヨコイトが通ッテ、オサが一回ガチャンと言ッタラ二十銭。機械を止めタラその分稼ぎも減るんデスけど」

戦前生まれでもあるまいし、馴染みのない単位に戸惑った。円に直すと〇・二円。一日でいったいどれほど織れるのだろう。

疑問が顔に出たのか、山根が説明を引き継いだ。

「一日八時間ガーっとやったら、まぁ三万回は超せるから、一台当たり六千円くらいかな。経糸(たていと)切れたり、解き直さなあかんようなトラブルがあったりすると、当然もっと減るわけやけど」

気が遠くなるほど地道な作業だ。機械の前に立っていた、ニコラの背中を思い出す。

「力織機には、つきっきり？」

「つきっきり。なんかあったらすぐ対処せなあかんもん」

八時間立ちっぱなしは、かなりハードだ。動力があるからといって、放置しておけるものではないらしい。

しかも賃金がギリギリのライン。時間が惜しいはずである。もしや山根に上がるよう勧められたのは、京都人特有の社交辞令だったのか。

「ごめんなさい、すぐ帰ります」

「いや、待って待って。芹さん来てくれて嬉しいねん。フランス語ペラペラやって、ニコラが喜んどったし」

「ハ、ナニ言ってるんデスか。気持ち悪イ」

「お前なぁ。すんませんねぇ、芹さん。こいつ一昨日あたりから機嫌悪うて」

伝統工芸の師弟というと厳格な上下関係があるものと思っていたが、見たところこの二人はそうでもない。山根がまだ若いからか、ニコラが外国人だからかは知らないが、まるで仲のよい親戚のようだ。

「金曜日の夕方に、弟子希望の男の子が面接に来てくれはったんやわ。うちのフェイスブック見て、ニコラもおるし国際色あってええなと思てくれたみたいで。けっきょく条件が合わんゆうことで帰らはったんやけど、そのすぐ後に、うちのこと名指しでツイッターに書かはってな」

弟子と言っても最初の半年は技術習得期間で給与らしいものは出せないし、下請けという性格上、その後も仕事の保証はできない。それでもやる気があるのなら、技術は惜しみなく伝えると、山根はその子に言ったらしい。織手の現状が苦しいのは事実だし、取り繕わずに伝えておかねばならないと思ったからだ。

だがそのツイートは瞬く間に広まって、炎上した。『ブラック企業以下！』『やる気搾取だ！』と叩かれて、釈明の書き込みをしてもなかなか鎮まらない。擁護論もなくはないが、過激な発言がどうしても目立つ。

「馬鹿みたいだよ。実際に織らないと技術は教えられないし、その間シショーの手も止まる。そこにかかる材料費や自分の工賃を削って、身銭を切るのはシショーのほうだ。第一こっちは企業じゃない。ただの個人事業者。それでもシショーはいつも僕の仕事のことまで考えてくれているし、もっと条件のいい工房があれば移ってもいいと言う。こんなお人好し（ひとよ）はいないのに！」

「ちょ、ニコラ。なに言うてるか分からへん」

感情が高ぶったのか、ニコラが母国語でまくしたてる。よっぽどこのお人好しの師匠が好きらしい。

「まぁブラック企業言われたら、そうかもしれん。五年後十年後には織手が激減するやろから、そうなったら仕事も工賃も、もっと増えると思うんやけども。そうなってから人育て始めたんじゃ、遅いからなぁ」

伝統工芸の世界はどこも後継者不足だ。それでも西陣織ほどのメジャーどころなら、他地域より深刻ではないだろうと甘く見ていた。だが山根はずいぶん切迫した気配を醸し出している。

「そうなんですか。織手さんって、そんなに足りないの？」

芹の無知な質問に、ニコラがハッと鼻を鳴らす。

「ヘェ？　ミツルからは何も聞いてナイんだ」

「ニコラ、態度が悪い。せやけどほんまに、もう時間はないんやわ。西陣の織手さんで実際に機を動かしてはる人は、京都市内で五百人以下。京都府内に広げてもたぶん千人は行かんやろ。その平均年齢は聞いてびっくりの七十五歳。過半数が七十歳以上や。つまり十年後には、千人のうち五百人がごっそり消えはんねん」

予想以上に危機的な数字に、芹の喉がごくりと音を立てた。

「織手だけやあらへん。整経（せいけい）屋さんてゆう、経糸を作らはるところも後継者はほぼおらへん。綜絖（そうこう）屋さんも筬屋さんも、どっこもそうや。道具を作る職人もおらんなってる」

「ええっと。つまりこの先、西陣織は――」

「消滅。とまではいかんやろけど、織元の多くは淘汰（とうた）されて、細々とやってくしかないやろな」

芹は再び黙り込んでしまったニコラに視線を移す。

初対面のバス停で、「今どき織屋の嫁になりにくるなんて、酔狂な女もいるもんだ」と言われたわけが、苦みと共に腑に落ちた。

四

初夏の風がさわりと頬を撫でる。梢の囁きと、雨上がりの深い緑の匂い。腹の底まで呼吸を落とし込み、細く長く吐いてゆく。

半眼に閉ざした視界に映るのは、磨き込まれた縁側の先と、白砂敷の庭園。美しく描き出された砂紋をじっと瞳に映していると、「大海」と名づけられたその石庭に、たしかに大海原を感じられた。

京都大徳寺の塔頭、大仙院。ここの枯山水庭園は名園の誉れ高く、門外漢の芹にも蓬莱山から流れ落ちる滝と、大海に注ぎ込む水流が見えるようだ。警策を手にした住職が、目の前をゆっくりと横切ってゆく。

日常とは切り離された時間の流れ。坐禅を組んでひたすら己と向き合ってゆく。だが雑念を手放さなければと思うほど、頬が痒い気がしたり、空腹が募ってきたりする。

今日の晩ご飯は、どうしよう。冷蔵庫の豚コマを使ってしまいたいから、肉じゃが

——は、こっちだと牛肉で作るんだっけ。まだ東京にいたころ豚肉の肉じゃがを出したら、充に驚かれたことがあった。

それにしても「肉ゆうたら牛肉やろ」と言うときの、西の人間の妙な優越感はなんだろう。「豚まんは豚肉やから肉まんとはゆわん」と、鬼の首を取ったような言いかたをする。正直なところ、どっちだっていいと思うんだけれど。

って、ダメだ。雑念にとらわれてしまった。食べ物のことはひとまず忘れよう。無にならなきゃ。無、無、無、無、無、無ってなに？　私自身はもうどうしようもなく存在しちゃってるのに、どうやって無になればいいの？　みんな本当に分かっててやってるの？

思考がちっとも止まらない。そうだ、呼吸に意識を向けるように言われてたんだ。呼吸、呼吸——最近充とは、呼吸が合っていない気がする。

六月になっても芹の立場はなにも変わらず、充は出張ばかり。焦る必要はないと伝えたことで安心したのか、すっかり仕事にかまけている。持久戦で臨むとは言ったものの、彼には傍観者でいられると困るのだけど。

ああ、またやっちゃった。頭を空っぽにしようと頑張るほど、余計なことを考えてしまう。子供のころ『ゴーストバスターズ』を観て、よくマシュマロ程度で済んだものだと思っていた。「頭の中に浮かんだものがこの世を亡ぼす」なんて言われたら、いくらでも想像が働いてしまうじゃないか。

デケデッケ、デケ、ゴーストバスターズ！

『ゴーストバスターズ』のテーマが脳内に流れだしたところで、これはダメだと諦めた。自力ではどうにもできない。住職の白足袋が近づいて来るのを見て、芹はあらかじめ教えられていたとおり、合掌して頭を下げた。

上体を前に倒すよう促され、その通りにすると、左右二打ずつ背中を打たれる。苦痛というほどではない、ピリッとした痛みに背筋が伸びた。

近くに着物のレンタルショップがあるのか、先ほどから着物姿の女の子たちがよく行き来している。外国人観光客のグループも歩きづらそうにはしているが、めったにできない装いを楽しんでいるようだ。

ひと目でレンタルと分かるのは似たりよったりなポリエステルの着物ばかりだからだが、「嫌やわぁ、最近あんな安っぽい着物で歩いてる子ぉが増えてしもて」と眉を顰めて合っている年輩女性のほうがよほど下品である。

ポリエステルはあくまで普段着、洗えるから雨の日にも重宝だ。それでも正絹以外を着物と認めない層は一定数いるようで、つまりプライベートでデニムファッションを楽しんでいる子に「みっともない、スーツを着なさい」と難癖をつけているようなものなのだけど、本人たちはいっこうに気づかない。

TPOをわきまえていないのはどちらなのか。すぐ隣に立って着物批判を続けている六十がらみの二人組をじっと見つめてみるが、やめる気配はない。他人の装いには目聡いくせに、人からどう見られているかということには無頓着らしい。

「芹さん。どうしたん、ぼうっとして」

肩を叩かれ、振り返る。出張用のボストンバッグを斜め掛けにした充が佇んでいた。京都駅の、新幹線中央口。いつの間に改札を抜けてきたのだろう。

「ねぇ、西陣の織屋さん的に、正絹以外の着物ってどう思う?」

「え、普段着やなぁって思うけど」

唐突な質問にたじろぎつつも、さらりと答えが返ってきた。

「僕もデニム地の一枚持ってるけど、着やすいし楽やし洗えるし。それがどうかしたん?」

「なんでもない。お帰りなさい、お腹空いちゃった」

充を促し、歩きだす。年輩女性のお喋りが、途中で止まったのは分かっていた。

芹もまだ初心者だから、着るだけで楽しい気持ちはよく分かる。でもその入り口で水を差されると、次に着る勇気がなかなか出ない。桜柄の訪問着で失敗してから、芹はまだ着物を着られずにいた。

「坐禅、どうやった？」

充の希望で京都タワーの脇にある、こぢんまりとした居酒屋に入る。坐禅を終えてスマホの電源を復活させてみると、『もし晩ご飯の支度まだなら外で食べへん？』とメッセージが入っていたので快諾した。肉じゃがの東西対決は、また今度に持ち越しである。

「それがもう、雑念入りまくりでさぁ」

コの字型のカウンターと奥にテーブルが一つあるだけの店内は、八割がた埋まっていた。一人客のサラリーマンに詰めてもらい、カウンターに並んで座る。

煮込みの店らしいが壁に貼られたメニューは驚くほど少ない。長居はせず、常連がサッと来てサッと飲んで帰る店なのだろう。充は勝手知ったる様子で瓶ビールとおでん、それから謎の「サルベージ」なるものを注文した。

「芹さんは、『肩の力抜け』ゆわれたら力を抜こうと頑張ってまうタイプやからなぁ」

しゅわわわ。運ばれてきたビールをコップに注ぎ分けながら、充が話題を引き戻す。乾杯してグッとひと口。湿度の高い一日だったせいで、すこぶる旨い。「ぷはっ」と、ほぼ同時に顔を上げた。

「あ、今一瞬だけ『無』だったわ」

「禅よりビールやね」

ほどなくして注文した料理が揃った。「サルベージ」は店内でグツグツ煮込まれ続けている大鍋の、底を掬ってきたからその名前らしい。京都には珍しく赤味噌の煮込み。牛テールに牛筋、それからレバーらしきものがクタクタになっていて、葱をたっぷり載せて食べる。

「はふっ」と湯気を吐き、芹はとろける食感に目を細めた。

「な、旨いやろ」

「美味しい。おでんも同じ鍋で煮込んでるんだね。なにこれ、じゃがいも？」

定番の玉子や大根はないが、箸でほろりとほぐれたじゃがいもが、赤味噌と絡んで口の中でほどけてゆく。これは幸せだ。

「旨そうに食べるなぁ」

「うん、一気に体がほぐれちゃった」

西陣の町から少し離れ、ほっとしたせいもあるだろう。あの町では誰に見られているか分からない。先日は出機職人の山根に「芹さんち昨日カレーやったって？」と聞かれて驚いた。

スーパーでの買い物を誰かに目撃されていたようだが、そんな噂を流す必要がどこにある。新参者の芹の行動がそれほど気にかかるのだとしたら、京都の中心部でありながら、あそこは大いなる田舎なのだろう。

「でもなんでまた、いきなり禅？」

「ニコラが勧めてくれたのよ。『ゼンはイイデスョ』って」

大仙院の坐禅会は毎週土日の夕刻から。それにかぎらず京都では、歴史ある禅寺が一般に門戸を開いている。なかなか贅沢な体験である。

「さすがフランス人。僕もやったことないのに」

「ないの？　せっかく京都に生まれ育ったのに」

「住んでると案外やらんもんやって」

空になったコップにビールを注ぎ足してやる。禅などに頼らなくても充がシフトレバーを握っていてくれる約束だったのに、すっかり忘れて充は「ニコラと仲良くなったんやなぁ」と笑った。ほら、呼吸の不一致。充はたぶん、芹に慣れてきているのだと思う。

「べつに仲良くはない。あいつ性格悪いもん」

すぐ傍に充がいるのに、今はよりかかれる気がしない。芹は憎まれ口で強がった。ニコラの性格が悪いことは事実だ。

山根がニコラを気遣って、フランス語が恋しかろうと芹を招いてくれるから、工房にはよく遊びに行っている。おそらくそのことも人の口から口へと伝わって、充の耳に入っているのだろう。

「でも男所帯にあんまり出入りするんはどうかと思うで」と、ちゃっかり釘を刺されてしまった。

「なにそれ、疑ってる？」

「違うけど。でも誤解招くことはあるかもしらへんから」

「せっかく仲良くなってきたのに」

「さっき仲良うないゆうとったやん」

雲行きが怪しい。これは不毛な言い合いに発展しそうだ。

初めての喧嘩が人前というのもどうかと思い、喉につかえるもやもやをビールで流し込む。いつもは近所の目を気にする芹を「大丈夫やって」と充が宥めてくれるのに、なんだかおかしい。

「親父がな、月曜日に芹さん会社に呼んでくれって」

「え、もしかしてすでに誤解されてる？」

「ううん、それはまったくの別件。でも異性関係がやっぱり一番心証悪いから、気ぃつけてほしい」

なによそれ。芹はなにも言わず、冷めてきた煮込みを啜った。赤味噌の濃い味つけが、ややしつこくなってくる。

「ごめんな、僕は芹さん信じてるけど」

だったら、なにを言われても庇ってくれたらいいじゃない。

流し込んだはずのもやもやが、お腹の中で育ってゆく。この人は、唯一の味方じゃなかったのか。
知らない町に根を張ってゆくには、まず友人を作ること。それが山根とニコラという
だけで、やましさはどこにもない。いつだって自分の行動に胸を張っていたい芹には、
充の言い分はずいぶん理不尽に響いた。

梅雨入り宣言が出されたらしく、月曜は朝から雨だった。
西陣の北寄りの路地は複雑に入り組んでおり、傘を叩く雨の音を聞きながら、あても
なく歩くのが楽しい。車も入れないほどの道幅に古い民家が立ち並び、昼が近いせいか
合わせ出汁(だし)のいい香りが漂ってくる。
静かでひやりと薄暗く、この光景に馴染みはないのになぜかとても懐かしい。まるで
次元を飛び越えて前世の自分にでもなったような、不思議な感覚。京都が人に愛される
のは、そういうところなのだと思う。
しだいに雨足が強くなってきた。芹は諦めて寺之内通の板倉織物へと足を向ける。東
と西では、梅雨時の雨の降りかたまで違うようだ。東はシトシト、西はザーザーと強く
降る。
『京の老舗　いたくら』と染め抜かれた暖簾をくぐり、玄関のガラス戸を押し開けると、
すぐに事務の女性が出迎えてくれた。室内は畳敷きになっており、玄関で靴を脱ぐスタ

イルだ。入って左手に応接スペースがあり、ここで新作の打ち合わせなどをするという。

帯のデザインは図案家に依頼するか、図案家展で落札してくるか。それを基に色糸の数を決め、織物の設計図とも言える紋意匠図を作成するのが紋屋の仕事だ。昔は卦紙と呼ばれる方眼紙を一コマずつ塗り潰していたそうだが、今はほぼパソコンでの作業である。

経糸や緯糸の密度を考慮しつつ、2Dの図案を織物の3D構造に変換させるため、一歩間違えれば重すぎる帯や硬すぎる帯になりかねない。そのあたりを綿密に打ち合わせておくのが企画の段階だと聞いている。右手の壁際には糸棚があり、色糸が鮮やかなグラデーションを描いていた。

「ああ、おたく。ちょうどよかった、おうどんでも取ろ思ててん。なにがええ?」

レインブーツを脱ぐのに手間取っていると、充の父親が奥から出てきた。出し抜けに蕎麦屋の出前メニューを手渡される。

「ええっと、『けいらん』ってなんですか?」

「あんかけのおつゆに、溶き卵のおうどん」

「じゃあ、それで」

「猛、芹さん『けいらん』やて。充はどうせ親子丼やろ。頼んだって」

弟で専務の猛さんもいるらしく、奥に向かって声を張り上げる。それから「ん」と応接スペースを顎で示し、芹に座るよう促した。

「あの、今日はなにか？」

「うん、用があるから呼んだんやけども。充ももうすぐ来るし、食べてから話そ」

そうもったいぶられると、なにかしでかしたのかと不安になる。用件を知っていそうな充も「まぁ直接聞いたらええわ」と話したがらなかったから、よっぽどのことだろう。

六人掛けのテーブルの下座に座ろうとすると、「ああ、そっち回って」と上座に案内されてしまった。

「芹ちゃん、お久しぶり。元気？」

馴れ馴れしい挨拶で、猛さんまでが顔を出す。上七軒で会ったときは羽織袴だったが、今日はクリーム色のジャケットをノーネクタイでさらりと着こなし、まるでイタリアの伊達男である。

芹の正面に充の父親、その隣に猛さんが腰掛け、ますます困惑しているところに先ほどの事務員さんがお茶を運んできてくれた。

「おおきに、ミホちゃん。今日も可愛いな」

推定年齢五十歳の彼女にも、猛さんはお愛想を忘れない。こういった発言が似合いすぎて、セクハラに聞こえない稀有な存在である。「ミホちゃん」は笑いながら「あら、嬉しい」と肩をすくめて下がった。

「そんで芹ちゃんは、まだ手こずったはんの？」

「え、はぁ」

猛さんの視線がこちらに向けられた。充との結婚のことだろう。父親の顔色をちらりと窺い、芹は曖昧に頷いた。そういうことは、この人に言ってやってほしい。

「そうかぁ。あんなガキんちょやめといて、僕と結婚しはったらええのになぁ」

「アホかお前。いくつバツ作る気や」

芹が応答するより先に、充の父親が呆れ顔で口を挟んだ。

「ひどいなぁ。なんで破局するって決めつけるんやろ」

「するやろ、お前は。結婚に向いとる男はバツ三にはならん」

そんなデリケートな問題を、暴露してしまっていいのだろうか。聞いているこちらが心配になるくらいだが、猛さんは「そう？　まだ運命の人に出会うてへんだけかもしれへんし」と頓着しない。

「それが芹ちゃんやったりしてな」

「だから口説くな。その子は充の――」

「えっ？」

「え？」

思わず聞き返してしまい、父親も芹の反応に目を丸めた。

もしかしてこれは、脈ありなんじゃないだろうか。猛さんもまた、頬杖をついてにやにやしている。

「いやその、お前の相手にしては若すぎる——こともないか」

慌てて取り繕おうとして、失礼なことを口走る。でもこの動揺は、悪い傾向ではなさそうだ。

「お、充が戻ってきよった。おおい充、出前頼んどいたぞ」

入り口のガラス戸を押して入ってきた息子に気づき、わざとらしく手を振っている。充は玄関で傘の水滴を飛ばしながら微笑み返した。

「あ、ほんま？　僕、親子丼がよかったな」

平和そうなその笑顔は、やはりどことなくパンダに似ている。


うどんの出汁に関しては、西の味に軍配が上がる。

注文した『けいらん』は、出汁の風味を邪魔しないとろみのある薄口醬油の汁に、ふわりと溶き流した卵が絡み、絶妙な旨さだった。東の出汁は麺に味をつけるもの、西の出汁はお吸い物のように飲むものなのだ。

ただしあんかけ料理の宿命か、上顎の皮が捲れるほど熱い。いっこうに冷めなくて、他の三人が食べ終わっても芹はまだしつこくうどんを吹き冷ましていた。

「芹さん、僕のどんぶり洗てきたから、こっちに移しながら食べたらええんちゃうかな」

見かねて充が助け舟を出してくれる。こういうところに気が回るのは、彼の優しさだ。お酒があればまだしも、充の父親は人が食べ終わるのを手持ち無沙汰に待つのが苦手らしい。指先でテーブルをトントンと叩きながら、「子供か！」と焦れた。

「まぁそう急かさんと。芹ちゃん、ゆっくり食べはったらええしな」

一方の猛さんは女性を待つことに慣れているのか、ゆったりと構えている。

「食べながらでええわ。充、あれ出したって」

けっきょく待ちきれず、話が進められてしまった。充が通勤鞄から、クリアファイルを取り出して置く。中に挟まれているのは貸店舗の間取り図だった。

以前話していた、直営店の件だろうか。なにげなく目を落とし、芹は危うく鼻からうどんを噴きそうになった。

「ちょっと待って、これって」

「うん、芹さんの提案が全面的に受け入れられた形やね」

事もなげに充が頷く。近ごろ出張が多かったのは、このためか。

「さすがに表参道沿いってわけにはいかへんかったけども」

それでも明治神宮前駅徒歩八分。ラフォーレのある明治通りを北上し、右へ折れる分岐点の一階路面店だ。周りには有名ブランドのショップやカフェが多く、店舗面積が70㎡以上とくれば文句なしの物件だった。

熱いうどんで浮き出た汗が、急速に冷えてこめかみを伝ってゆく。思いつきのプランを得意気に語った過去の自分を、できることなら殴りたい。まさか現実的な数字を見てもいない提案が、採用されるとは思わなかった。

「これって、損益シミュレーションはできてるんだよね？」

「うん、損益分岐点は月四百万」

「本当に？」

「それでギリギリ赤が出ぇへん程度やから、できれば五百はほしいところ」

立地を考えれば、普通のアパレルならよっぽど商品選びで失敗しないかぎりクリアできるラインである。だが芹に呉服は分からない。この条件で、どれほどの集客が見込めるものか。単価は高いが、おいそれと売れるものでもない。

「契約はもう済んどって、この先リノベーションに入るんやけども」

「嘘でしょ」

信じられないと、頭を抱えそうになった。どうしてこんなときだけ行動が早いのか。事前にひとことあれば、具体的な数字を基にプランを練り直したに違いないのに。このまま経営が立ち行かなくなってしまったら、そう思うと頭が痛い。

それなのに、どうだ喜べと言わんばかりの、充の表情はなんだろう。小鼻をひくりとうごめかせている。

「そんでな、芹さんにちょっとお願いがあるんやけども」

まだ混乱が収まっていないのに、充の父親はせっかちだ。いやむしろ、本題はこちらにあったのか。

「おたく、百貨店では商品の買いつけだけやのうて、接客とかもしたはったんやて?」

「ええ、まぁ」

芹は大学新卒で百貨店に入り、バイヤーになる前は婦人服売り場のヒラ販売員からセールスマネージャーまで、ひと通り経験している。なんとなく、嫌な予感がした。

「そのノウハウを活かして、直営店の売り場作りとスタッフの教育をな、手伝てほしいんやわ」

「手伝う?」

思わず眉をしかめてしまった。充が横から言い添える。

「できる範囲でええんやけども、芹さん今時間あるし、どうかな思て」

芹は無言のまま、親子丼が入っていたどんぶりの中で伸びかけているうどんに目を落とす。なんとなく分かった。充は芹のために、「よかれと思って」やっている。家事に明け暮れてこれまでのキャリアを腐らせている恋人にやり甲斐を与え、なおかつ父親には恩を売っておこうというわけだ。

馬鹿にするなと腹が立った。やるなら芹は徹底的にやる。このお粗末な滑り出しをひっくり返して利益を生むまで駆けずり回る。その労力を「手伝い」とは、ずいぶん安く見られたものだ。

いけないと思いつつ、目が据わるのが自分でも分かった。

「べつに構いませんが、私はどういう立場で手をお貸しすればいいんでしょう?」

「ん?」

充の父親は、質問の意図が分からないとでもいうように首を傾げた。まさかこの人は、芹の労力をタダと見込んでいるのだろうか。充も充だ。いくら父親に認められたくても、それと無償労働は話が別。そんなことも分からないのは、このぬくぬくとした家族経営のせいだろうか。

この会社、本当に大丈夫?

——織元の多くは淘汰されて、細々とやってくしかないやろな。

山根の言葉がよみがえる。この人たちは西陣織の現状を、どのように捉えているのだろう。

疑問に思ってしまったら、もう止められない。芹は腹をくくり、姿勢を正して充の父親に向き直った。

水炊きの鍋がクックッと音を立てて煮えている。

日が落ちてから、風がぐっと涼しくなった。空は開け、対岸には東山の稜線が見え隠れしている。鴨川のせせらぎを聞きながら、鍋というのも乙である。

せっかくやから川床で水炊きでも食べんか？

山根に誘われて、ニコラと三人、鴨川の夏の風物詩、納涼床に座している。心配だった天気はどうにか持ちそうだ。擬宝珠(ぎぼし)を模(かたど)ったランプがぼんやりと、青い夜を照らし出す。

「嬉しい、川床にはいっぺん来てみたかったんだ」

三条や四条は人の気配が騒がしいが、ここはむしろ二条に近く、時の流れがゆるやかだ。鶏ガラを十時間以上煮出すというスープは濃厚なのに、しつこくない。自家製のポン酢を加えると柚子(ゆず)の風味がさっぱりして、いくらでもお腹に入りそうだった。

男所帯にあまり出入りするなと充に釘を刺され、このところ工房に行くのは控えていたが、外で会うぶんには構わないだろう。気軽に話せる人が他にいないのだから、これくらいは大目に見てもらいたい。

「充くんも、来やはったらよかったのになぁ」

「まぁね。取引先の接待ならしょうがないけど」

とはいえ充のことでは愚痴もある。本人がこの場にいないほうが、芹にとっては気楽だった。

「飲み物、二杯目どうします？　ニコラは日本酒飲めるの？」

「好きデスよ」

「じゃ、二合頼んで冷酒分けようよ。山根さんは？」

「僕は焼酎にしとこかな」

山根はどうやら糖質を気にしている。着物姿の仲居さんを呼び、水割りを頼んだ。

「それデ、タダ働きするんデスか？」

ニコラの箸使いは美しい。まるでマナー動画を見ているようだと思ったら、本当にそれで覚えたという。

「まさか。まだ嫁でもないのに、さすがにそれは厚かましいでしょ」

直営店を手伝ってほしいと言われて、一週間。明後日にはリノベーション業者との打ち合わせがあり、充と上京することになっている。久しぶりの東京だ。

「けっきょく猛さんが、アドバイザーってことにしてくれたよ。名目は顧問料になるみたい」

「そうか、そらよかった。あの人はバランス感覚がええから」

「それなのにバツ三なの？」

どうせ山根は知っているのだろう。そんなセンセーショナルな話題があの町で広まらないはずがない。

「うーん、浮気性とかやないんやけども。あの人、全女性に優しいやろ。どうもそれがアカンみたいで」

「ああ、分かる気がする」

おそらく妻にもその他の女性にも、扱いがあまり変わらないのだろう。それでは愛されている気がしない。女は特別扱いをされたいのだ。

「板倉家の中では、一番話ができそうな人ではあるんだけどなぁ」

言動の軽薄さはさておき、猛さんは充や父親より西陣の現状をシビアに見ている。運ばれてきた冷酒を注ぎ分けながら、芹は先を続けた。

「直営店の話が出たときさ、思いきってあの三人に職人の後継者問題をぶつけてみたんだよね」

西陣の織職人は、過半数が七十歳以上。しかも彼らは年金があるぶん、「孫に小遣いやれたらええわ」と本来緯糸が往復するごとに二十銭の工賃を十五銭、ひどい場合は十銭で受けてしまうという。そのため工賃は値崩れを起こし、若い世代はとてもやっていけなくなってしまった。

「ほんまは四十代、五十代の職人がもっとおったはずなんやけど、まだ転職でける十年、二十年前のうちにバタバタと辞めていかはった。僕かて今、新聞配達のバイトしながらどうにかやっとるしな」と山根は言う。若い職人を育てていかねば先はないが、その土壌もないわけだ。

西陣織がいかに素晴らしかろうと、職人がいなければ物は作られないし技術も絶える。絶えた技術は取り戻せない。小売の健全化と共に、工賃の是正と若手の育成にも、早急に手をつけなければならないのは明白だった。

にもかかわらず充の父親は、そのあたりをどう考えているのかと芹に問われ、目を逸らしたのだ。

「ああ、まぁそれは、厳しいもんがあるわなぁ」と、まるで他人事。まさかのノープランだったのである。

「ゆうても出機やし、若手は職人さんらで育ててもらわんと」

「その体力がないんだと思いますけど。あなたたちが工賃をしぶるせいで」

「せやけど工賃上げたら、末端価格まで跳ね上がってしまうやろ。お客さんに優しないわ」

「小売店には無茶な値つけを許してきたのに?」

少しばかり工賃を上乗せしたところで、販売価格が適正なら、今より安いくらいだろう。そんなものは言い訳でしかない。

「織元さんの組合があるでしょう。西陣織物業組合でしたっけ。そこで最低工賃の基準は決められないんですか？　若い職人を育てる教室みたいなものも、作れませんか？」

言葉を濁す父親に畳み掛けた。この人は板倉織物が「充の代で終いになってしもたらご先祖様に顔向けできひん」と言って、結婚に反対したんじゃなかったのか。このままでは跡継ぎがいようといまいと、その代まで会社が——いや、西陣織業界そのものが残っている保証はない。

「思い入れを持って物づくりをなさってるんでしょう？　それなのに三年後、五年後、十年後のプランはないんですか」

充の父親から表情が消えた。怒らせたかとひやりとしたが、目の焦点が合っておらず、たんに思考を停止しただけだと分かった。

本当は芹に言われるまでもないのだ。彼はもうこの業界に何十年もいて、内情など知りつくしている。それでも動こうとしないのは、直接自社の利益になるわけでもないことを「やりたくない」からなのだろう。

百貨店業界でも大勢いた。現状維持が第一と考えて、あえて視野を狭めている人たち。でも現状というものは、今までと同じことをやっていても維持できるものではないのだ。

「あんな、芹ちゃん。組合ゆうても、一枚岩やのうてな」

貝になってしまった父親の代わりに、口を開いたのは猛さんだった。芹の言動に気分を害した様子もなく、その瞳は落ち着いていた。

「偉そなことゆうても織元なんてのはただの商売人で、大半は自分とこが儲かることしか考えたはらへん。一応最低工賃はあるけども順守されてなくて、組合が旗振って守ろうゆうても、出し抜くとこがあったら終いやし、実際そういう奴が出てくんねや。昔も似たようなことあったしな」

あまりのことに芹は絶句した。つまり組合では舵取り（かじと）が難しく、同業者の間には不信感が広がっている。思っていた以上に業界の闇は深い。

「製織が出機ばっかりになってしもたんも、織元が損を被りたないからやし。出機なら織り上がった帯に傷があっても、かけつぎ代引いたりでけるけど、内工場ならこっちが飲まなあかん。せやし内工場持っとっても動かさんと遊ばしたはるとこぎょうさんあるわ。職人の生活を守ったろ、ゆう発想がないねやな」

まるで天気の話でもするような軽い口振りだったから、猛さんがそれについてどう思っているのかは分からなかった。ただ事実を事実として教えてくれただけのようだ。

「それじゃあどうするの。この先職人の確保は難しくなってく一方だけど、なにもしないつもりなの？」

充の父親や猛さんの代までは、先を見ないふりをしていても、どうにか乗り切れるかもしれない。でも次世代を担う充には、確実に降りかかってくる問題だ。

だが充は芹に問いかけられて、にっこりと微笑み返してきたのだった。

「それで充ったら、なんて言ったと思う？　『芹さんは心配せんとって、大丈夫やから』よ。心配なんて、するに決まってるでしょ。結婚しようって言ってる相手が失業するかもしれないんだよ。大丈夫って言うならその根拠を聞かせなさいよ！」

お銚子が二本目に入り、芹の調子も上がってくる。充には面と向かって言えなかった本音をついに吐き出した。

水炊きはあらかた食べ終えて、雑炊を待つばかりになっている。酔いを少しも顔に出さず、ニコラがいい飲みっぷりで盃を空けた。

「『ボンボン』デスからネ、ミツルは。甘いんデスよ」

「なにそれ、もしかして駄洒落？」

芹はニコラの肩を叩き、やけくそ気味に笑う。「ボンボン」はフランス語ではキャンディーの類、たしかに甘い。馴れ馴れしく触られて、ニコラは露骨に嫌そうな顔をした。

「せやけど充くんは、ほんまに芹さんに心配かけたくないんやと思うで。男の意地っちゅうか、信じて見守っててほしいっちゅうか」

最後まで鍋の底を浚っていた山根が、欄干に寄りかかり、膨れた腹を撫でる。

「意地で会社がもつなら好きにすりゃいいよ。でも今後を考えたら、すぐにでも行動に移さなきゃいけないの。直営店と、同時進行でやるべき案件なわけ。それなのに、腰が重いんだもん」

芹から見れば、充の仕事は詰めが甘いし、まだるっこしい。彼が部下なら遠慮なく文句をつけているところだが、充の矜持(きょうじ)のためにこれでも我慢はしているのだ。そうすると腹の中に膿(うみ)が溜まる。時折こうして吐き出さないと遣りきれない。

どうしても眉間に苛立ちが滲んでしまう。そんな芹を前に、山根が「ああ、そうか」と頷いた。

「なんか分かったわ。芹さんは充くんより目がええんやね」

「両目二・〇だからね」

「そうやなくて、ちょっと先まで見えてしまうんやなってこと」

芹は視線を巡らせて、納涼床の下を流れる黒い川面に目を遣った。川沿いに立ち並ぶ飲食店の灯(あか)りを受けて、きらきらと漣立(さざなみだ)っている。

「せやし、よけいに苛つくんやなぁ。あの大らかさが充くんのええとこでもあるんやけども、仕事となると」

「頼りないデスよネ」

雑炊セットが運ばれてきて、ニコラが受け取った。鍋のスープにご飯を投入し、慣れた手つきで雑炊を作りはじめる。

「それに、実際大丈夫ナンダと思いマスよ」

「まぁ、あの危機感のなさはそうなんやろなぁ」

「え、なに。どういうこと？」

ニコラと山根の間で納得されても、芹には事情が分からない。問い返すと山根が言いづらそうに頬を掻いた。

「問屋さんや織元さんらは、バブル崩壊までのよかった時期にえらい儲けてはるから、土地や建物ようけ持ったはんねん。それこそ本業が潰れてもやってけるくらいにな」

「そうなんだ。板倉家も？」

「さぁ、そこまで詳しないけど、充くんが住んだはるマンション、あれ丸ごとお家の持ちモンやで」

「知らなかった！」

おそらく他にもマンションや駐車場を持っているはずだという。どうりで充からハングリー精神というものを、欠片(かけら)も感じないわけだ。母子家庭で母の苦労を見ながら育った芹とは、根本が違う。

芹の母親は元々がお嬢様で、外で働いたことのない専業主婦だった。だから父親に結婚前から続いている女がいたことが発覚しても、周りは親戚一同から友人まで、母親に我慢を強いた。

「あなたみたいな人が、子供一人抱えてやっていけるわけないでしょう」

それでも母は周りの反対を押し切って離婚に踏み切り、得意だった手芸で身を立てたわけで、それを間近で見ていた芹は幼心に「女だって一も二もなく経済力」だと学んだのである。

私は絶対に、知ったふうな顔で「我慢しなさい」なんて言われたくない。「そういうものを乗り越えてこその夫婦じゃない」と、なにも悪くないのにお説教されるなんてまっぴらだ。お金があれば慰謝料や養育費もきっぱりとつき返してやれたのに、母親は許せない男から細々と金銭を受け取り、その度に傷ついていた。

結婚しようとしまいと、自分のプライドを守れるだけの収入は確保しておかないと。人生を人に預けて息苦しい思いをするくらいなら、見切りをつけて軽やかに飛び立ってやるまでだ。

ふいに充の頼りない笑顔が頭に浮かび、どきりとした。芹の口座にはまだ充分な預金がある。いつだって飛び出せるのに、どうしてこんなところで悶々としているのだろう。

「せやけど板倉さんとこは直営店出すゆうてはんねやから、まだやる気はあるんやろ」

山根の声に正気に返る。物騒なことを考えていた。

充のことが、嫌いになったわけじゃない。ただ二人の結婚の前に障害ばかりが立ち塞がり、自暴自棄になっているだけだ。

らしくない。と、親友のエリカなら呆れ顔で言うだろう。ハイジャンプと同じ、障害は一つ一つ飛び越えてゆくものだ。

充の両親、馴染めぬ町、先行きが不安な家業。今のところどうにか芹に飛べそうな障害は、「家業」だった。

「ねぇ、他の職人さんたちはなんて言ってるの？」

「なんや、どないした」

唐突に身を乗り出した芹に、山根がたじろぐ。ニコラは素知らぬふりで、とろみが出てきた鍋に溶き卵を流し込んで蓋をした。

「職人さんの育成。織元がやりたがらないんだったら、横の繋がりでどうにかできないかと思って」

「なるほどなぁ。せやけど職人って皆一匹狼（おおかみ）やから、なかなかなぁ」

「なによ、そんなの気取ってる場合じゃないでしょ」

「気取ってるわけやないねん。たとえば博多織の人らやったら一緒にわっと酒でも飲んで、同じ業界で融通し合ってはんねやろ。でもこっちはその、文化的にお互いの距離感がな」

「ああ、そっか」

本音をストレートに表現しないのが美徳の京都である。その曖昧さは仕事が絡むとやっかいだ。同じ職人同士でも、腹を割ったつき合いになりづらいのだろう。

「じゃあ西陣織物業組合みたいな、織手の組合ってないの？」

「昭和五、六十年くらいまではあったらしいけど、織元に骨抜きにされてしもた。ほら、まとめて賃金交渉されたら困るやろ」

またもや業界の闇である。織元と織手の力関係が窺えて、芹は軽く唇を噛んだ。

「それにもう織手の半分くらいが後期高齢者やし、その人らには『これから』なんか関係ないしな。残りの人らで結託するゆうんも、現実的やないと思う」

雑炊ができたらしく、ニコラが無言で取り分けている。このあたりの事情は彼も苦々しく思っているのだろう、芹の前に取り皿をぞんざいに置いた。

それでも卵がふわりと半熟に仕上げられ、雑炊はすこぶる旨い。落ち着きかけていた腹が温まり、芹は「うん」と頷いた。

「よく分かった。ようするに、本気で取り組もうとしている人が誰もいないってことね」

「僕は後進育てたいと思ってるけど、先立つものと場所がなぁ。うっとこは僕とニコラでいっぱいやし、力織機も足らんし」

シメは別腹とばかりに雑炊を勢いよく啜っていた山根が、情けなく眉を下げる。できない理由が分かっているなら、それを一つずつ排除してゆくだけだ。

「お金はないならかき集めればいい。補助金、助成金、クラウドファンディング、NPO法人を立ち上げる。このあたり、素面（しらふ）のときに可能性を探ってみようよ」

それに場所と機械に関しては、すでに解決策が見えていた。

にわかに活気づきはじめた芹に、山根とニコラは啞然（あぜん）としている。その頭の切り替えに、ついてこられないのだろう。

「もしかして、協力してくれはるん？」

「だって、やらなきゃいけないでしょ」

「でも、なんのために？」

アドバイザーという立場に収まった板倉織物の件のように、給与が出るわけではない。完全にボランティアなのは覚悟の上だ。それでも芹は堂々と胸を張った。

「決まってるでしょ、自分のためよ」

充が先に帰ったのだろう。マンションの三階の窓に灯りがついている。一人暮らしが長かったぶん、帰りを待つ人がいる状況は新鮮だ。

午後十時、おそらくまだ寝ていないだろう。充には確認しておきたいことがある。コンビニで買ったキシリトールガムをひと粒口に放り込み、芹はマンションのエントランスをくぐった。

「ただいま。充のほうが早かったんだね」

先にシャワーを浴びたらしく、充はパジャマ姿でリビングにいた。ソファに座り、普段はあまりしないスマホゲームに熱中している。

「ん、お帰り」

「アイス買ってきたけど、食べる？」

「もう歯ぁ磨いてしもたからええわ」

「そ、じゃあ私も明日にしよ」

買ってきたものを冷凍庫に入れ、リビングに戻る。充はスマホから目を離さない。

「楽しかった？」

「うん。山根さんが、充も来られたらよかったのにって」

「せやな、また今度」

シューティングゲームだろうか、ゲーム音楽と共にサブマシンガンを打つような音が聞こえてくる。そういうゲームもするのかと、芹には少し意外だった。

「あのさ、ちょっと聞きたいんだけど」

「ん、なに？」

会話は成立しているが、生返事だ。このタイミングじゃないほうがよかっただろうか。

「板倉織物の内工場って、まだあるの？」

「あー。うっとこはもう潰してしもたけど、なんで?」

「山根さんとね、若い職人を育てていこうって話になったんだけど、場所がないのよ。それで猛さんの話を思い出したの」

動かしていない内工場、そこなら力織機も揃っているだろう。どうせ持て余しているのなら、有効に使ったほうがいい。織元だって場所を貸す程度の協力はしていいはずだ。

「あ、死んだ」

爆発音と、ゲームオーバーのような音楽。無感動に呟いて、充はスマホをローテーブルに置いた。

「よう分からんけど、なんでそんなことになってんの?」

「なんでって、必要なことじゃない」

「心配せんとってって言うたやん」

珍しく機嫌が悪い。さすがの芹も、むっとして言い返した。

「じゃあ具体的なプランはあるの?」

「それは、これから考えてこうと」

「これからっていつ? 今すぐ考えてみてよ」

充がぐっと言葉に詰まる。口では勝ってしまうのだから、あまり追い詰めちゃダメだ。

だが芹のなけなしの自制心は、次のひとことで崩れ去った。

「なんでそんなに乗り気なん。直営店の話のときは、あんなに渋ったのに」

「は？」

たいそう感じの悪い声が出た。この人は、いったいなにを言っているのだろう。

「渋ってないよ。あのときはただ、私の立場を決めといてほしかっただけで」

「迷惑そうな顔しとった」

「あれは戸惑ってたの。なんなの、充のお膳立てした計画に、私がすんなり乗らなかったのが不満なの？」

これは明らかに言いすぎだ。頭の片隅で警報が鳴っている。でも腹の中に溜めておいた不満がここぞとばかりに肥大して、どんどん口から溢れてゆく。

「だったらもっと乗りやすい形に整えてから出しなさいよ。それができないなら最初から相談して。自分の認識不足を私のせいにしないで」

やってしまった、またこのパターンだ。いったい何度「可愛くない」と、呆れられてきたことか。逃げ場を失くした男たちには、暴力かだんまりの二択しか残されていない。

充は案の定、後者だった。芹から視線を外し、うつむいてしまう。

そうじゃない。芹はすかさずラグの上に膝をつき、その頬を両手で挟み込んだ。

「ごめん、私も悪かった。直営店の件では、はじめに無責任なこと言っちゃったのがいけないんだし」

両側から圧迫されて、充の唇がひよこのように尖っている。下から覗き込む芹に、きょとんとした眼差しを注いでいる。

「でも一つだけ確認させて。充は今後も板倉織物を続ける気、あるんだよね？」

こくり、こくり。喋れないぶん、充が二回続けて首肯する。

「結婚するんだよね、私たち」

こくり。今度の頷きは大きかった。

「じゃあさ、二人の未来のために今から頑張ろう。分かるよね？」

充は芹の手首をそっと握り、もう一度頷いた。

「うん、僕こそごめん。たしかに芹さんが喜んでくれへんかったって、拗ねてたんやと思う。このところ、二人でおっても仕事の話ばっかりやったし」

「だって、明後日の打ち合わせに向けて詰めとかなきゃいけないことがいっぱいあったから」

「それもほとんど芹さんの主導やん。だから僕、自分がちょっと情けなかったんやと思う」

直営店の基本コンセプトや顧客イメージ、内装などは、ほとんどゼロだったところから芹が練り上げ事業計画書を作成した。充は通常勤務があるため、相談や報告はどうしても夜のプライベートタイムになる。この一週間を思い返してみると、恋人らしい会話を交わした記憶がなかった。

充ばかりを責められない。芹だって、ここしばらくは充と向き合ってこなかった。

「ダメだね、私。いったん走り出すと、周りが見えなくなっちゃって」

「うん、知ってた。僕それ、知ってた」

充がソファから滑り下りてくる。目線が合ったと思ったら、強く抱きしめられていた。

「ごめんなさい。頑張るんで、嫌いにならんといてください」

「ふふ、なんで敬語」

まるで大きな子供みたい。充の背中に腕を回し、ぽんぽんと叩いてやる。

ああ、雨の匂いだ。いつの間に降りだしたのか、窓の網戸を通して入ってくる。シトシトではない、ザーザーな梅雨。

穏やかな『雨に唄えば』のメロディーが、頭の片隅をかすめていった。

五

京都の町にはそこかしこに、非日常が潜んでいる。

蒸し暑い夏の火点し頃、五つ団子の提灯が七月の生ぬるい風に揺れ、庭園の木々を光と影に切り分ける。池に流れ込む水の音は奥床しく耳に響き、少し離れた中庭からは、心地よい程度のざわめきが聞こえてきた。

「ほな軽い暑気払いゆうことで、今日もお疲れさん。かんぱぁい!」

充の父親がジョッキを掲げ、芹もそれに調子を合わせる。キンと冷えた生ビールは、粘りつくような湿気を洗って喉元を通り過ぎていった。

「かはぁ、んまい!」

唇の端に泡を浮かせ、父親が唸る。

上七軒のビアガーデン。春に北野をどりが催されていた歌舞練場を開放し、当番の芸舞妓が接待をしてくれる。一見さんでも気軽に利用できるとあって、観光客にも大人気のイベントだ。

池の上に張り出した欄干にテーブルと椅子を並べたこの席が、充の父親曰く「一番のお薦め」。本来なら予約が必要らしいが、「二人くらいなら入れるやろ」と打ち合わせ終わりに誘われた。仕事の関係で話をする機会は増えたものの、差し向かいで飲むのは初めてだった。

「おたく、ええ飲みっぷりやなぁ」

「すみません、喉がカラカラで」

ひと息で半分以上減ってしまったジョッキに、芹は決まり悪く視線を落とす。生ビール一杯と突き出しのセットで二千円。割高なのに、水のように飲んでしまった。

「今日は暑かったもんなぁ。一日つき合うてくれて、おおきにな」

「いえ、こちらこそ勉強になりました」

日中は充の父親に誘われて、和装小物専門卸の展示会を訪れた。充は名古屋に出張中で、二人きりの行動だったために気疲れもある。そりゃあビールも進もうというものだ。

「芹さんが方向性固めてくれはったおかげで、仕入れもしやすいわ」

「ようするにイメージの共有ですからね。ご賛同いただけてなによりです」

原宿にオープン予定の直営店は、板倉織物にちなんで「ＫＵＲＡ」という店名に決まった。リノベーション中の店内は土蔵をイメージした漆喰塗りで、ライティングにはとことん凝るつもりだ。コンセプトは「洗練」である。
今は着物も帯も、ネット通販で買える時代だ。しかも巷（ちまた）には、リサイクルやアンティークの着物が驚くほどの安値で出回っている。板倉織物の帯だって、余剰在庫分は安売りのネットショップで値崩れを起こしているくらいだ。着物市場はつまり供給過剰なのである。

そんな中で、西陣の織屋がわざわざ直営店を出す意味はなにか。小売り価格の適正化はもちろんのこと、それ以上に消費者に訴えるものがほしい。洋服とは違い「流行」から切り離された着物に求められるのは、特別感だ。

織屋だからこそ取り揃えられる商品。他ではちょっと見ないもの。浮貸しには決して回さない新作帯だけを置くことで、差別化は容易に図れる。共に扱う着物や小物も、生産地京都ならではの伝統と革新を取り入れていけば、面白い展開になりそうだった。

洗練された目利きの店。それと同時に顧客の洗練も促してゆく。買え買えとせっつく接客を排せばいいものをじっくりと見てもらえるだろうし、定期的に勉強会を開くことで来店の理由もできる。そしてなにより重要なのが、洗練へと導く人だ。

知識が豊富でコーディネートやお手入れの相談にも乗れる、信頼のおけるスタッフ。

先日の東京出張ついでに久しぶりに会ったエリカは、大手チェーンの呉服屋にこそ人材がいないと嘆いていた。

「この間白足袋がほしくてたまたま某チェーンに行ったらさ、いかにも着物初心者な若い子に、『こちらならお友達の結婚式にもお召しになれますよ』って、小紋を薦めてるの見ちゃったんだよね。知識がないどころじゃないよ、もはや詐欺だよ」

全国展開している大手ともなれば毎年新卒採用者が入ってくるし、そのすべてが着物に興味があるわけでもないだろう。それでも着物のTPOくらいは新人研修で叩き込んでおくべきことだ。

けっきょくエリカは見過ごせず、「この人の言うこと、信じないほうがいいですよ」と横から口を出してしまったらしい。おしゃれ着にあたる小紋は、レストランウエディングや二次会ならともかく、ホテルウエディングには向かない。

「店長候補の後藤(ごとう)くんも、あんたのおかげでやるべきこと見えてきたゆうて喜んどったで」

その点「KURA」では織屋の社員として、知識を培ってきた人間が店に立つのだから申し分ない。後藤さんは芹より少し下の三十五歳。独身でフットワークも軽く、学生時代に十以上のアルバイトを経験してきたとあって、接客スキルも高かった。

「後藤さんは、もともと意欲のある方ですから」

話の途中で充の父親は制服姿のアルバイトを呼び止めて、だし巻き卵と生麩(なまふ)田楽、それからビールの追加を注文した。「好きなもん食べ」とメニューを渡されて、芹も焼ソーセージを頼む。

これは慰労会にあたるのだろうか。ジョッキに残っていたビールを飲み干して、芹は内心首を傾げる。

でもそれなら店がオープンしてからだろうし、充がいないのは不自然だ。親睦を深めるにしては先ほどから仕事の枠を超えた話にならず、芹を誘った意図がさっぱり読めなかった。

「うちのんもな、『やっぱり東京で働いてた人は違うなぁ』って、えらい感心しとったわ」

蚊に食われた腕を控えめに掻いていた芹は、そう言われてドキリとする。「うちのん」とは彼の妻、つまり充の母親を指している。もしやこれは、ついに板倉家の嫁として認められたという話なのだろうか。

アルコールの効果もあって、心拍数が上がっている。落ち着けと己に言い聞かせ、追加で運ばれてきたビールをやはり半分ほど飲んでしまった。

「あのな」の形に動いた父親の口元を、息を詰めて見守る。だがその続きを聞く前に、隣のテーブルから興奮気味の声がした。

「おい、あれ菊わかちゃうか」

「あ、ほんまや。うわぁ、めっちゃ顔ちっちゃいわ」

「きれぇやなぁ。一緒に写真撮ってもらえるやろか」

三十代から四十代半ばと思しき二人組だ。足元に置いたトートバッグからは一眼レフカメラの厳つい（いか）レンズが覗いており、おそらく芸舞妓の追っかけだろう。

売れっ妓はメディアへの露出が案外多く、まるでアイドルグループのようにファンがつく。だが彼らにお座敷に上がれるほどの甲斐性はなく、カメラを手に道端で待ち構えているか、こういった気軽なイベントで接触できる機会を窺っている。

菊わかは憧憬（どうけい）の眼差しを浴びながら、一つ一つのテーブルに挨拶をして回ってゆく。白塗りではなく、素顔に近いほどの薄化粧。花唐草の注染（ちゅうせん）の浴衣に博多の夏帯をキュッと締め、派手さはないが粋である。生来の美貌がむしろ際立って、追っかけでなくとも見とれてしまう。

「あの子はやっぱり華があるなぁ」

充の父親も芹に言うべきことを忘れ、菊わかに目を奪われている。人に向ける笑顔も身のこなしもたおやかで、厭（あ）きずに眺めていられるからその道のプロは恐ろしい。

金にもならないファンの求めに応じ、にこやかに写真撮影を終えてから菊わかは芹たちのテーブルにやって来た。冷房のない屋外で、客に酒を注ぐばかりで自分は一滴も飲まず、それでいて少しも笑顔を曇らせない。

「おっちゃん、来てくれはっておおきに」と、充の父親に向かって小さく八重歯を覗かせた。

「芹さんも、まだいてはったんどすなぁ」

そして芹には毒を吐く。完璧な接客態度でこれだから、質が悪い。芹も負けじと「お生憎さま」と微笑み返した。

「おビール、もうのうなりそうどすけど、次頼まはります？」

「せやな、じゃあ冷やもらおか。お猪口二つで」

菊わかがアルバイトを呼び止めて、しばらくするとよく冷えた純米酒の小瓶が運ばれてくる。酒を注ぐ手つきまで、うっとりと匂い立つようだ。

「はい、芹さんも」と、ガラスのお猪口を持たせてくれる。

これが仕事であるかぎり、相手が芹でも手抜きをしない。そんなところには好感が持てた。

「おばちゃんから伺うてますぇ。なんでもえらいご活躍やとか」

充の母親とは頻繁に連絡を取っているのだろう。菊わかのもったいをつけた口振りに、芹はとっさに身構える。

「せやけどそれとこれとは別の話やし、勘違いせんとってほしいなぁ、って言うてはりました。な、おっちゃん。そうどすやろ」

「ん、ああ。せやな」

充の父親が頷くのを見て、芹は腕に軽く爪を立てた。蚊に食われた痕がじんじん疼く。その上にこっそりバッテンをつけた。

父親が伝えようとしたのも、そのことだろうか。図に乗らないよう、釘を刺しといてほしいとでも頼まれたのか。

相手の態度が軟化してきているだけに、すっかり期待してしまった。だが父親と母親とでは、評価のポイントが違うのだ。「私はそんなことでは認めまへんえ」という通達を、受け取ったようなものだった。

でも残念でした。こんなことじゃ、まだまだへこたれてやらない。

笑え、と命じると頬の筋肉が持ち上がる。落ち込むのは後からでいい。

「ええ、もちろん。仕事は仕事ですから」

この暑さの中で菊わかは、顔に一滴も汗を浮かべていない。芹も強がったことで胸元がスッと冷え、首筋から汗が引いてゆく。

女同士の喧嘩はときに、拳の代わりに微笑みをぶつけ合うものだ。必要以上にニコニコしている二人に不穏なものを感じたか、充の父親が間に入る。

「若葉ちゃん、まだようけ挨拶して回らなあかんねやろ。ここはもうええし、行き」

「へぇ、お気遣いおおきに。ほなこれ、芹さんももろうておくれやす」

そう言って菊わかが差し出したのは、彼女の名が入った小さな千社札だった。福が舞い込むといわれる縁起物で、裏はシールになっている。

これを玄関に貼っておけば、少なくとも魔除けにはなりそうだ。「まぁ嬉しい、ありがとう」と受け取りながら、芹はそんなことを考える。

「なんかごめんな」

菊わかが去ってから、父親が気まずそうに冷酒の小瓶を差し出してきた。

「でもまぁ、頑張って」

激励がもらえる程度には、関係は進歩している。芹は「はい」と頷いて、素直に彼の酌を受けた。


充が紹介してくれた下村織物は、こぢんまりとした二階建ての本社ビルの奥に、広大な内工場を隠し持っていた。

それは三階建ての鉄筋コンクリートの建物で、それぞれの階に高さが三メートルもある力織機がすっぽりと収まっている。一般的なマンションなら、五階建てに匹敵するだろう。

京町家特有の、間口からは推し量れない奥行きの深さには慣れてきたつもりだが、これほどの建物が奥にひっそりと控えていることに、芹としてはまだ違和感がある。

「すみません、日曜日やのに無理ゆうて」

「かまへん、かまへん。外出たら暑いし、どうせ家でゴロゴロしとるだけやから」

恐縮する充に、下村社長はこだわりのない様子で手を振った。四十代の半ばらしく、この業界では若手のうちに入るのだろう。

全体的に肉づきがよく、首に掛けたタオルでしょっちゅう顔を拭っている。たしかに夏には弱そうだ。

ビアガーデンの夜から五日。充には、母親のありがたくもない忠告は伝えていない。わざわざ息子のいない日を選んで牽制してきたのだ。充の機嫌を損ねたくはないのだろうし、その件で充が怒れば「芹さんが告げ口した」と、こちらが悪者にされそうだ。

頑張りが認められなくても、自分で言ったとおり「仕事は仕事」。直営店「KURA」の準備は順調に進められている。

オープンチラシやショップカードといった印刷物は手配したし、店舗ホームページもエリカの知人であるウェブデザイナーに依頼済みだ。後藤さんはすでに現地入りしてアルバイトの採用準備にかかっており、この先はきっと駆け足で時間が過ぎてゆく。

忙しくてよかった。以前のようにマンションで一人悶々と過ごす日々なら、いったいどうすれば母親に気に入られるのかと、答えのない迷路をさまよっていたことだろう。

仕事があれば、プライベートのゴタゴタは頭の片隅に追いやれる。するべきことが分かっているのはいいことだ。自分で作成したタスクリストに「完了」のチェックを入れてゆくのは快感ですらあった。

「力織機、十五台あるんですね。全部動かせそうや」

三階まで様子を見に行っていた出機職人の山根とニコラが階段を下りてくる。二人の顔つきが明るいのは、興奮しているからだろう。これだけの規模ならば、後進の育成には充分だ。

「ここしばらく動かしてへんから、メンテナンスは必要やけどな」

下村社長は滝のように流れる顔の汗を拭いながら、傍らの柱を平手で叩いた。

「ほら見て、太っとい柱やろ。ここの機械が全部動いてもびくともせん。親父のときに思いきって設備投資したんやけども、頑丈が仇になって取り壊すにも壊されへんねや。無駄に遊ばしとるだけやから、使てくれるんならありがたいわ」

そう言ってもらえるとこちら側もありがたい。とにかくお金がない中でのスタートだ。

山根には使えそうな補助金、助成金、クラウドファンディングも視野に入れて可能性を探ってもらっている。ランニングコストはその集まったお金の中から出すつもりで、下村社長には負担を求めないと伝えてあった。

でも残念ながら、弟子を取ってもやはり当分は給料を出せないようだ。たとえばフランスには「伝統工芸匠と弟子」制度があり、認定されれば年間一万六千ユーロの補助金が三年間下りるのだが、京都にもあった類似の制度はずいぶん前に廃止になってしまったらしい。

それさえ続いていればと悔やまれるが、しばらくは無償の習い事感覚で週に幾日か通ってもらい、いち早くお金を稼げる腕前になってもらうしかない。

「織れルようにナレバ、どうにか食べてイケルだけの仕事はありマスよ」とニコラは言う。条件は厳しいばかりではないはずだ。

大量消費社会の反動で、伝統工芸の世界に身を置きたいと思う若者は増えている。実際にSNSの炎上以来、山根の許には問い合わせが数件きているそうだ。将来的に生活してゆける見込みがあれば、彼らも希望が持てるだろう。

「メンテも掃除も、全部こっちでやらしてもらいます。若い職人が増えてくれんと、ほんまどうしようもないんでね」

「せやなぁ。あんたんとこはフランスさんもいやはるし、よう頑張ってはるわ」

しかしこの下村社長、言い回しに軽い引っかかりがある。ニコラのことを「フランスさん」と呼ぶのもそうだが、山根を上から労(ねぎら)うような発言は気になった。

「だからまぁ僕とこは、大負けに負けて月々このくらいでどやろ」

下村社長が不意に、右手の指を四本立てる。

「ハ？」と顔をしかめたのはニコラだった。

「織機と建物の賃料。格安やろ」

それならば、まさか四万円ということはあるまい。芹は下村社長の突き出た腹に蹴りを入れ
先ほどの引っかかりはこの予感だったのか。芹は下村社長の突き出た腹に蹴りを入れたい衝動を抑え、背後に控えていた充を振り返る。

「あの、社長。前もって言うてましたけど、彼らもほとんど慈善事業みたいなもんなんですよ。なるべくリスクは背負わずに、集めたお金だけでやっていこうとしてはるんで」

「うん、でもこれ僕が貸すんやしなぁ」

充はあらかじめ、お金を出せないことは伝えてあったようだ。それでも下村社長はとぼけた顔で首を傾げる。

ニコラが舌打ちと共に、フランス語で聞くに堪えない単語を吐き捨てた。芹は冷静にと己に言い聞かせつつ、一歩前に進み出る。

「元々持て余していたものでしょう。せめて軌道に乗るまでは、勘弁していただけないでしょうか」

「せやけどここの税金払うてるの、僕やしね」

「ごもっともですが、本来なら織元がコストをかけて人材を育てるべきでしょう。そこまでは求めず職人主導でやると言っているんですよ」

「でもまぁ、六年前に死んだ親父から言われとることやし」

その認識は、設備投資にお金を割けた「よかった」時代を引きずっている。目先の利益だけを追ってなにもしてこなかったツケが回ってきているのに、それでもまだ変われないのか。

「もっと長期的な目で見てください。京丹後市の織物実態統計の結果、ご覧になったことあるでしょう。二十代、三十代の職人は、合わせてたったの六十人ですよ。それをなんとも思わないんですか？」

山根に見せてもらったことのある、平成二十八年の統計を持ち出した。実際に稼働しているかどうかは別として、八十歳以上の職人でさえ百人強はいる。

七十代、六十代はどちらも五百人超。だが五十代以下となるとがくりと人数が減り、十代から五十代の合計は三百数十人。西陣織に従事する人間が、その表を見ていないということはあるまい。

「このままでは西陣織は、産業としては死にます。そんなに遠い未来じゃない、十年後にはそうなっているかもしれません」

身振り手振りを交えての熱弁に、下村社長は薄い眉を寄せた。

芹のことは、会う前から噂に聞いていたらしい。挨拶をすると「ああ、はいはい。例の」と返ってきて、少し気分が悪かった。そのときと同じ目をしている。

「なんやねん、あんたは部外者やろ」

そう吐き捨てられたとたん、充が芹の二の腕を摑んできた。社長に飛びかかるとでも思われたのだろうか。あからさまな暴言は、むしろ頭を冷やしてくれる。

「ええ、そうですね。部外者にも分かる危機感を、共有していただけないのは残念です」

芹の動じなさに、下村社長がたじろぐのが分かった。前髪を汗で貼りつかせ、身を守るように半身を引く。

「いや、キッツいな。あんた評判悪いで。男三人も従えて、女王様気取りか」

保守的な上に、排他的、それに加えて女性蔑視の三連コンボ。救いようのなさに、むしろ笑いが込み上げてくる。この男に舌戦で負ける気はしない。だが芹が口を開く前に、充が軽く腰を折った。

「社長、そらあきませんわ。そういうこと言わはったら、社長のお人柄に傷がつく思いますよ」

低姿勢でにこやかにしているが、それは脅迫だった。ムラ社会に近いものがある、この町ならではの処世術だ。自分がどう思うかより、人にどう見られるかが大事なのだろう。

「それにこの人、うちのアドバイザーでもあるんで。滅多なことゆうてもろたら困りますわ」

下村社長は「べつに、そんなつもりやないんやけど」と口の中でもごもごと呟いている。なるほど、こういう戦いかたもあるのかと、芹は怒りも忘れて感心してしまった。

「セリ、もういいデスよ。話にならナイ。帰りまショウ」

ニコラはすっかり冷めた目で、下村社長を睥睨している。フランス語に切り替えて、思う存分悪態をつきはじめた。

「このスカスカのスイカ頭には、建設的な思考というものがないらしいよ。いくら言っても時間の無駄だね。こいつの目は頭の後ろについているんじゃないかな。だから過去しか見えないんだ、お気の毒」

「こらこら。言葉が分からなくても、悪口ってなんとなく伝わるからやめなさいって」

芹もフランス語でそれを宥める。唐突に外国語を喋りだした「部外者の女」に、下村社長が驚愕と畏怖の目を向けてきた。日本語以外の言語スキルを、特殊能力のように捉えているのだ。本人を前にして言いたい放題できるのは、ストレス解消にはいいかもしれない。

最後の駄目押しで「下村社長！」と、山根が深々と頭を下げた。

「西陣織の未来と職人のために、どうかひと肌脱いでくれませんか。このご恩は忘れんと、僕らも育ってく職人らも、社長の仕事優先的にやらしてもらいますから。どうかお願いします」

そう、下村社長にもまったくメリットのない話ではない。ここで恩を売っておけば、この先職人の数が減って確保が難しくなっても、少しくらいの無理は聞いてもらえる。その可能性にようやく思い至ったようだが、ここまで来ると、もはや引くに引けなくなっている。

「そうゆうことなら、これでどやろ」と、右手の指を三本立てた。西陣の未来は無駄なプライドに勝てなかったようだ。

話し合いは平行線で、もはやこれ以上は無駄だろう。芹たちは「お時間取らせて申し訳ございませんでした」と詫びて、下村織物を後にした。

コンチキチン、コンチキチン。

車両通行止めとなった四条烏丸（しじょうからすま）界隈は、どの通りにも人の大海原ができていた。とにかく道幅いっぱいに、人、人、人。上手く波に乗らなければ、前に進むこともかなわない。たまに横波を食らうこともあり、あまりの圧迫感に胸が潰れそうになる。

「大丈夫？」と充が肩を抱いて守ろうとしてくれるが、気休めにもならなかった。

「うん、なんとか。すごい人だね」

「僕もびっくりした。やっぱり海外からの人が増えとんのやな」

下村織物を辞して山根やニコラとも別れてから、「そういや今日、宵山やな」と充が思い出したように呟いた。「行ってみる?」

七月の京都といえば、ひと月かけて執り行われるという祇園祭だ。特に各町内に山鉾が立ち並び、祇園囃子の鳴り響く宵山は祭りのハイライトとも言えよう。

そのぶん人ごみは覚悟していたが、まさかこれほどとは。盆地だからか昼間の熱が抜けきらず、新品の浴衣が汗で足元にまとわりつく。

先ほど充に買ってもらったばかりの、乱菊模様の浴衣である。そういえば浴衣を持っていなかった芹に、「急やからお仕立てやなくて悪いけど」と充が選んでくれたのだ。

きっと彼は芹以上に、下村社長の暴言を気にしている。京都に来てから鍛えられたのか、芹自身は案外傷ついていないのだが。

それでも山根の工房にあまり出入りしないようにという充の忠告が、今にしてじわじわと染みてきた。下村社長がほのめかした「評判」とやらは、それにまつわることだったのだろう。

あのときはつい反発してしまったが、あれは芹が心ない噂にさらされないようにという、充の気遣いだったわけだ。

「ごめんね、充」

「え、なに?」

お囃子に邪魔されて、聞き取れなかったようだ。充が顔を寄せてくる。

芹はふふっと微笑んだ。

「大好きって言ったのよ」

コンチキチン、コンチキチン。駒形提灯に照らされて、山や鉾のきらびやかな装飾が輝いている。浮世離れした祭りの夜は、少しばかり素直になれる。

充は照れたように口元を窄めて、「ありがと」と呟いた。

「ちょっとあっち入って、なんか食べよか」

それぞれの通りには、お祭りらしく無数の屋台が並んでいる。充に促され、人の流れを読みながら、どうにかこうにか進んでゆく。そうして購入したチョコバナナは、冷凍バナナにチョコをかけたものだった。

「わ、びっくりした。冷たい!」

「うん、そらチョコバナナやし」

「そういうものなの? 関東では生のバナナなんだけど」

「ええ〜。なんかそれネチャネチャしそうやなぁ」

歯に沁みるほど冷たいチョコバナナは、シャーベット感覚で美味しかった。首筋にまとわりついていた汗が、たちどころに引いてゆく。夏の祭りにこれはいい。

「ひと口ちょうだい」とかぶりついた充が、「んーっ」と冷たそうに唸った。

お囃子の甲高い鉦(かね)の音が、耳に響く。

室町通に据えられた菊水鉾。芹はその上に立っていた。

厄除け粽(ちまき)を買えば鉾の上に登れるというので、行列に並んでここまで来たのだ。囃子方は鉾の縁(へり)に座って休まず曲を奏でており、狭い空間は息苦しいほど音の密度が高かった。

菊水鉾のご利益は、不老長寿と商売繁盛。天井幕の龍に向かって、「KURAが上手くいきますように」と心の中で願をかける。後ろからどんどん人が入ってくるため、押されるようにして鉾を下りた。

「うわぁ、すごい。まだ耳がワンワンいってるよ」

「せやな。元々悪霊を酔わせて退散させるんがお囃子の目的やし」

「そうなんだ。三社祭のお囃子より確実に耳にくるわ」

太鼓と笛と鉦、使われている楽器は同じなのに、威勢のいい江戸のお囃子とはずいぶん違う。囃子方の町衆は、しばらく耳が聞こえづらくなったりはしないのだろうか。

「それにしても圧巻だねぇ」

下から見上げる菊水鉾は、唐破風(からはふ)の屋根に鳳凰(ほうおう)の彫刻が特徴的だ。蛤御門の変（たしか充の母親との初対面で話に出てきた、「どんど焼け」だ）の際に消失し、昭和になってから再興された、「昭和の鉾」であるらしい。

「これたぶん、西陣織だよね？」

鉾の四面を覆う懸装品は、七福神の織物である。雨除けのビニールが掛かっていて見づらいが、見事な発色だ。

「うん、綴織。二〇一二年から四年がかりで一面ずつ新調して、全部で八千万かかったらしいわ」

「八千万！」

途方もない金額に目を剝いた。祇園祭の山鉾が、動く美術館と言われるわけだ。各山鉾町の会所にも先祖伝来の屛風やタペストリーといった宝物が飾られており、それが重要文化財だったりするものだから、千年の都の底の知れなさに眩暈がする。

「あれ、じゃあ西陣織の商品って、べつに帯じゃなくてもいいんだ？」

「もちろん。綴織の緞子もあるし、金襴屋さんなんかは能衣装やら坊さんの袈裟やら作ってはるやろ」

このあたりは山鉾が密集している。ひとまず人ごみを避けようと、錦小路通を西へと歩いてゆくことにした。

「そっか。だったらコラボ商品とか、もっと考えてもいいんだ」

「そういやウチも、なんも考えんと帯ばっかり作っとったけども」

口元に手を当てて、充も「う〜ん」と唸っている。伝統工芸に携わっていると、こういった思考停止に陥ることがあるのだろう。

「山根さんの工房は、織屋さんの仕事だけじゃなく他からの依頼も受けつけてるみたい。この間ニコラが織ってた布、スマホケース用って言ってた。テレビで紹介されて、めちゃくちゃ発注きてるんだって」

紋意匠図がパソコン作業になったおかげで、山根やニコラもよっぽど複雑なものでないかぎり、オリジナルの図案を起こせるらしい。

いまの西陣織は完全分業制だが、この先後継者がいなくなってゆくのだから、「一人の職人が二、三工程は賄えるようにならんとあかんやろ」と、製織以外の勉強もしているのだ。ニコラが織っていたスマホケース用の布のデザインは、なんと国民的キャラクターのものだった。

「そうだ、ニコラで思い出した。ねぇ充、『柄バト！』っていうアニメ知ってる？」

「うん、観てはないけどなんとなく。たしかこの間、シーズン2終わったとこやろ」

芹はアニメを観ないから知らなかった。なんでも、身に着けた物の絵柄を具象化できる能力を持った女子高生たちが、戦ったり、恋したり、世界を救ったりする話だという。

たとえばゴスロリ娘はスカルや蝙蝠(こうもり)を出すのが得意で、大阪娘は虎と豹(ひょう)、ゆるふわ系はお花畑に人を迷い込ませ、裏原系はオールマイティー。そんな能力者の中に、京言葉を操る西陣の帯屋の娘がいるのだという。

ためしにスマホで検索してみると、作画が綺麗で人気が出るのも頷けた。ゲームにまでなっており、海外のアニメファンからも支持されているようだ。

「ニコラってさ、そのアニメにはまって職人になる決心したらしいよ」

言われてみれば、ニコラがよく着ているアニメ柄の洋服は『柄バト！』のキャラクターだ。特に帯に織り込まれていた風神雷神を呼び出したエピソードには、大いに感動したらしい。

「風の神サマと雷の神サマデスよ。なんて前衛的ナンダと思いマシタが、それが伝統柄ダッテいうじゃナイデスか。ワタシ、どうしても京都に行かナキャと思いマシタ」

そんなわけで、元々テキスタイルの専門学校に通っていたニコラは、迷わずこの世界に飛び込んだ。てっきり三十近いと思っていたのに、まだ二十三歳だったことにも驚きである。

「行動力すごいな。でも言われてみれば、着物や帯の柄ってなんでもありやもんな」

「蜘蛛(くも)の巣も蝙蝠も吉祥(きっしょう)文様でしょ。驚くよね」

なんなら髑髏(どくろ)も獅子もあるし、「柄バト！」でいえば他のキャラなど目じゃないくらいの最強能力者だ。これほど柄のバリエーションが多岐にわたる民族衣装は、他にちょっとないだろう。

「たとえば『柄バト!』とコラボできたら、ニコラ喜ぶだろうな。シーズン2が終わったってことは、3もいつかやるの?」

「うん、たぶん。人気アニメやし」

「そういう企画って、どこで受けつけてくれるのかな。あとで調べてみよ」

下村織物の内工場が借りられなかったことで、山根もニコラも沈んでいる。山根などは「いざとなったらウチの工房のミセの間潰して、力織機もう一台置いたらいいかな」と、遠い目をしていた。

そういうときは、ワクワクするような仕事をするのが一番だ。ない場合は、作り出せばいい。

「板倉織物でも、帯以外になにかブランド作れないかな。西陣織の洋服とかさ」

「面白いけど、力織機の織り幅は帯仕様やから。幅が三十二センチ以上のもんは無理やで」

「えっ、そうなの。じゃあさっきの七福神は?」

「あれは手織り。せやけど手織りで洋服地なんか作ったら、それこそ目ん玉飛び出る価格になんで」

先ほどの、八千万という数字を思い出して芹は身震いした。単純計算で一面あたり二千万。それで洋服を仕立てたとして、いったいどこの王侯貴族が買うというのだ。

「織り幅の広い力織機ってないの？」

「一から開発して作ればできるやろけど、まぁ一千万単位の金が必要かな」

「そっかぁ。場所もないし、これから『ＫＵＲＡ』を軌道に乗せなきゃいけないし、今すぐは無理だね」

「は？　いずれやるつもり？」

「だって、将来的に必要でしょ。たとえば西陣織のソファなんかあったら、すっごく素敵だと思わない？」

そういう商品があれば、海外でも勝負できる。たとえばフランスの工芸展に持って行けば、高い評価が得られるだろう。

西陣織は今まで帯幅以上のものを織れなかったから、そういった機会に恵まれなかったのだ。着物文化圏以外では、帯はテーブルセンター程度にしかならない。

自分にはない発想だったのか、充は眩しいものでも見るように目を細めた。

「なんか僕今さらながら、えらい人を京都に連れて来てしもたなぁと思てるわ」

「後悔してる？」

「まさか。ちょっとビビッとるけども」

そうは言っても充だって、新しい遊びを見つけた子供みたいな目になっている。未来は思ってもみない方向に転がりそうだ。

京都に来た当初の目的はちっとも果たせていないのに、こうした想像は芹を楽しくさせてしまうから困る。

「頑張りましょ、次期社長」

そう言って、芹は充の背中を強く叩いた。


盆略点前を教えたげるわ。

充の母親からそんな電話がかかってきたのは、当日の朝である。すでに充は出社しており、芹は洗濯などの家事を終え、パソコンを起動したところだった。

アドバイザーとして毎日出社する必要はないものの、東京にいる後藤さんとはスカイプで頻繁に打ち合わせをしており、進捗状況は逐一報告しなければいけない。着物に関するマーケティングの知識はほぼないので、できるかぎり市内の呉服屋は回っておきたいし、すっかり乗り気のニコラと「柄バト！」の企画も考えたい。後継者育成のためのスペース確保も諦めてはおらず、やるべきことならいくらでもあった。

だが心証をよくしておきたい恋人の母親からのお誘いを、「忙しいので」のひと言で切り捨てられる女がいるだろうか。盆略点前ってなんだろうと思いつつも、茶道の一種らしいと見当をつけ、「わぁ、嬉しいです」と応じてしまった。

盆略点前とは、炉や風炉のない一般家庭でも手軽にできる、丸盆の上で行うお点前らしい。

充の母親は生成り（きな）の紗紬（しゃつむぎ）に絽綴れ（ろつづ）の帯をさらりと合わせ、円を描くように茶筅を動かしていた。茶碗にお湯を注ぐ道具はステンレスポット。お茶を点てる前に、お湯で茶筅を洗うそうだ。

「後でやってもらうから、しっかり見といてなぁ」と言われても、パッと見ただけで覚えられるほど簡単な手順ではなく、そもそも赤い帛紗（ふくさ）を開いたり畳んだり、いったいそれはなんのための動作なのか。

疑問は尽きないが、できるかぎり目で盗もうと、芹は母親の手元を注視する。その集中を削ぐように、ワンピース姿の菊わかが、静々とお菓子を運んできた。

玄関で菊わかに出迎えられたとき、あまりの既視感に芹は「またやられた！」と額を叩きたくなった。どうせ各種伝統文化に通じている菊わかと芹を比較して、笑い者にする魂胆だろう。まったく底意地が悪いったらない。

本来なら菊わかは公休日ではないはずだが、「ビアガーデンの当番でお休みがのうなってしもて」と、代休を取ったらしい。例のビアガーデンは七月の頭から九月初旬まで、お盆期間を除いて毎日ある。当番でない日はもちろんお座敷をこなしているわけで、そんな忙しい時期にわざわざ「イケズ」をしに来なくてもいいと思う。

「あ、芹さん違う違う」

菊わかは、芹が過ちを犯すごとに生き生きとして、楽しそうだ。

「さっき懐紙の束渡しましたやろ。主菓子は銘々皿からいただくんやのうて、いったんそこへ移してください」

小皿を手に持って食べるのはNGらしい。言われたとおり懐紙を膝先に置けば、「違う違う、一番上の懐紙を、ペロンと折り返して」と細かく指示が飛ぶ。

「主菓子は黒文字で刺して懐紙の上へ。はい、まだ。銘々皿の正面が亭主に向くように、右回しで向き変えて」

まるでお稽古のようにダメ出しをされ、気づけばお点前は先へ進んでいる。すっかり見逃してしまった。

それが菊わかの狙いだったのだ。充の母親は耳かきのような道具で抹茶の粉を掬いながら、わざとらしく笑いを嚙み殺している。

「ほら、早ういただかんと、お茶が来てしまいますえ」

意外に慌ただしい。芹は懐紙を手に取って、青紫の朝顔を模した練りきりを一口分だけ切り分ける。中はこし餡、緑色の羊羹で蔓や葉まで作ってあって、芸が細かい。

口に入れると舌の上に、のっぺりとした甘さが広がっていった。

出された抹茶を飲み干しても、お点前はまだ終わりではなかった。

使った茶碗を湯ですすぎ、汚れた道具をひと通り清めてゆく。最後に丸盆を持って退出するまでが作法のようだ。

もちろん細々とした手順は、ほとんど頭に入らない。「ほな、初めからやってみ」と促されたところで、早くも入室の際の足運びから注意が飛ぶ。

「アカン、アカン。はじめの一歩は右足から」

しかしこの足運びとやら、一畳四歩とか、残りの道具を取りに立つときは右足を引いて左足を被せるようにターンするとか、これだけで稽古する必要があるほど難しい。どうにか膝を落ち着けてお点前に入ろうとしても、充の母親が出す指示すら理解できなかった。

「そこでお盆を一回持ち上げて、斜め客つきに。それから建水(けんすい)を前に進めて」

まごまごしていると、ついに菊わかがプッとふき出す。

「おばちゃんやめたげて、可哀想(かわいそう)やし。芹さん、ほんまになんの素養もないんやわ」

庇っているようでいて、粘り気のある声で芹を腐す。充の母親も、「ほんになぁ」と当てつけがましくため息をついた。

「まさかここまでなんも知らんお嬢さんとはなぁ。うっとこの仕事に口出してる暇あるんやったら、お茶かお華習わはったらええんとちがう?」

どうにかお点前を続けようとしていた芹は、それを聞いて「は?」と手を止めた。

「まだうちの子と結婚する気らしいけど、お嫁さんがそんなしゃしゃり出てるとこ、どっこもあらしまへんえ。会社手伝うにしても、経理をちょっとやってはるくらいのもんや。芹さんみたいに目立とうとしてはるの、見てて恥ずかしわ」

今って二千何年だ？　信じられない思いで芹は目を見開いた。

なんという時代錯誤。着物や帯は消費者の大部分が女性だというのに、企画を立てているのはおじさんばかり。いまいち消費者のニーズを汲み取れていないのは、そのせいだとは思わないのだろうか。

だいたい芹がいなければ「ＫＵＲＡ」は自社商品を並べるだけの、面白みのない店になっていたことだろう。そんな経緯を知りもせず、女はお茶かお華でもやっていろと、充の母親は言うのである。

「私の耳にも入ってますえ。なんでも下村さんとこの社長にまで迷惑かけはったらしいやないの。西織の理事長さんに苦情いかはったみたいで、うちのお父さん『あんまり勝手なことさせんな』て、電話で叱られたんやから」

西織は西陣織物業組合の略で、理事長は清善(きよぜん)という織屋の社長だ。下村社長はどうやら、芹を悪者にしたいらしい。

着物での所作が癖になっているのか、菊わかが手で口元を隠してくすくす笑う。

「すみませんねぇ、芹さん。べつにイケズしたいわけやないの。ただ、お茶もお華も着物とは切っても切り離されへんもんやから、織屋の嫁として素養がないんはどうかと思て。奥さん同士のつき合いもあらはりますしねぇ」

なるほど。茶道、華道と、着物を繋げて考えたことはなかった。言われてみれば「初釜の着物どうしましょう」なんて会話を小耳に挟んだこともある。着物人口の中では、決して少なくはない数を占めているのだろう。

それならマーケティングの一環として、茶道、華道を始めてみるのもいい。西陣の嫁にあるべき素養だというなら、女ばかりで集まって話ができないだろうか。初釜のコーディネートを提案したり、失敗談を語ったり、茶席に相応しい着付けのポイントを挙げてみたり、それをコンテンツとして発信すれば、需要はきっとあると思う。

なんてことを考えていると、「なぁ、芹さん聞いてはる？」と菊わかに顔を覗き込まれた。容姿的なコンプレックスをくすぐる、整った顔が間近にある。

こんな女を嫁にすれば、きっと誰からも羨まれる。西陣のしきたりにも通じ、人あしらいも上手いはず。夫に余計な負担はかけず、立てて支えてやれるのだろう。

でもボンボンでよくも悪くも鷹揚で、少し頼りない充には、そうじゃない。ちょっと強引に引っ張ってくくらいで、ちょうどいい。会社を残してゆきたいなら、なおさらだ。

芹はすっと姿勢を正す。この二人にはすでに嫌われているのだから、これ以上悪くなりようがないと覚悟を決めた。

「あの、悪いですが私、諦めませんので」

「は?」

菊わかが眉を吊り上げる。そんな表情をしても美しい人は美しいんだなと、芹は妙な感想を抱いた。

「ですからこういう嫌がらせは、今後は無用に願います。時間がもったいないです」

「嫌がらせて、あんた」と、絶句したのは母親だ。自覚があったわけではないのだろう。自分の行いに名前をつけられて、傷ついてしまったらしい。

「すみません。でも本当に、こんなことをしている場合じゃないと思います。火はもう足元まで迫っているんです」

「なんの話をしてはんの」菊わかが膝を詰めてきた。

「そんなん、うちかて諦めへんわ。子供のころからずっとお兄ちゃんのこと好きやってんもん。うちならおっちゃん、おばちゃんとも仲ええし、周りの人らともあんじょうやれるわ。引っかき回すだけのあんたとは違う!」

「視野が狭い!」

腹に力を込めて、ぴしゃりと返す。新人バイヤーだったころ、先輩から同じことを言われた。湖畔に住む人間は、水の価値が分からない。だが砂漠を知る人間は、その素晴らしさに気づくだろう。内部にいるからこそ、見えなくなってしまうものはある。

「これからの充と板倉織物に必要なのは、調和ではなく作り変えてゆく力です。はっきり言って、生きるか死ぬかのところにきてるの。大好きなお兄ちゃんが、将来路頭に迷ってもいいの？」

「だから、なんなん。なんの話？」

「そのくらい織物業界は逼迫してるってこと。保守的な人達が嫌がる『前例のないこと』を、どんどんやっていかなきゃいけないの。その点で下村社長の件は、あちらが諌められるべきだから」

「そんなん、仕事の話やん」

「そうよ、仕事の話。だけど充と結婚するなら、『自分とは関係ない』って切り離せない話。できるかぎりのことはしなくちゃ、生き残れないわよ」

「お兄ちゃんのためやったら、ウチかてなんでもやれるわ！」

いつもの厭味たらしさを捨てて、菊わかが感情を剝き出しにしている。花街で鍛えられているとはいえ、やはり若い。芹はニヤリと片頰を上げた。

「言ったね？」

菊わかがたじろいだ様子を見せる。だが相手もそうとう気が強い。鼻を鳴らし、「ゆうたわ！」と睨んできた。その真っ直ぐな目は嫌いじゃない。

「やめて。おっきい声出さんといて」

ぼそりと呟いたのは充の母親だった。疲れたように視線を落とし、着物の上前を握っている。

「西陣の嫁は、西陣の嫁の役割は――」

聞き取るのがやっとの声で繰り返し、弱々しく首を垂れた。その姿は急にひと回り縮んだように見える。

「今日はもうええ。悪いけど、二人とも帰ってんか」

そう言って、そっぽを向いて立ち上がる。そのまま振り返りもせずに、一人で座敷を出て行った。

「え？」共闘態勢を取っていたはずの母親に帰れと言われ、菊わかはその後ろ姿を見送るばかり。なにかしらの地雷を踏んだらしいと、芹は丸盆の上の茶道具をぼんやり眺めた。

西陣の嫁の役割、か。

芹は軽く吐息をつく。戸惑いを隠せない菊わかが、責めるような目をこちらに向けた。

六

やっぱり、さすがだなぁ。

立て続けに光るストロボに照らされながら、菊わかが次々とポーズを決めてゆく。しょうざん生紬(なまつむぎ)の訪問着に板倉織物の瑠璃箔の帯を締め、カメラの前で凜(りん)とした立ち姿を披露している。

「どうでしょう、こんな感じで」

カメラマンが撮ったばかりの写真を液晶画面に表示して、確認を求めてくる。菊わかは、憂いを帯びた表情で流し目をくれていた。

「もう少し、影を出してもらえます？　色気のある感じで」

「それやったら、真横にストロボ置いてみましょか。左半身にこう、影ができるように」

「レフ板持ちましょうか」

「ああ、大丈夫、大丈夫」

ストロボの位置を移動させてテスト撮影したものを覗き込み、芹は「いいですね」と頷いた。

肌の露出は少ないのに、菊わかはハッとするほどセクシーだ。

「お兄ちゃんのためやったら、ウチかてなんでもやれるわ！」という言質（げんち）を取ったのをいいことに、彼女には一週間後にオープンする直営店「ＫＵＲＡ」の、専属モデルを務めてもらうことになった。

お茶屋兼置屋「菊仲」の女将に話を通してみると、クレジットさえ入れれば互いに素材をフリーで使えるという条件で、知り合い価格に応じてくれた。

「ウチのおかあさんたち、ちょっとでも目立てる思たらすぐ飛びつくから」

菊わかに決定権はなかったらしい。

芸舞妓の世界で「おかあさん」といえば置屋の女将のことだが、菊わかの場合は実の母親でもある。そして一番上の姉が、若女将として采配を振るっているそうだ。

女ばかりの四姉妹のうち、その「上の姉ちゃん」とは十以上も歳が離れている。頭が上がらないのも道理である。

「ほらお茶のＣＭ、東京でもやってはったんちがう？『京の舞妓さんが選んだお茶』ゆうて」

菊わかが例に挙げたCMは、芹もたしかに知っていた。出演していたのは皆「菊仲」の舞妓だという。芸舞妓のメディアへの起用は、芹が思っていたよりずっと多い。

そのせいか、菊わかはすぐにこちらの要望を呑み込んで応じてくる。

「着物雑誌なんかでよくある『上品な若奥様風』じゃなく、もっとファッショナブルにしたいの。『はんなり』より『シャープ』なの」

「ふぅん、ほな体の動き出してええのん？　ウチ、棒みたいに真っ直ぐ突っ立ってんのあんまり好きやのうて。着物って、着て動いたときが一番綺麗や思うし」

さすがは上七軒のナンバーワン芸妓、勘のいい子だ。

東京ならともかく、芹はまだ京都に土地勘がない。雰囲気のいい写真スタジオを探していたところ、「こうゆうのはどやろ」と提案してきたのも菊わかだった。

スタジオ代わりに使っているのは、西陣の町の中にあるカフェだ。元々銭湯だった唐破風屋根の建物で、ノスタルジックなマジョリカタイルが内壁に敷き詰められている。テーブルをどけてその前にモデルを立たせてもお洒落だし、座ってコーヒーを飲んでいるだけでも充分絵になる。

オーナーとは知り合いということで、定休日にすんなりと貸してもらえた。カメラマンやヘアメイクもまた、菊わかからの紹介である。

メイクはややきつめにし、ヘアスタイルは洋髪のまとめ髪。地毛で日本髪を結っている舞妓とは違い、芸妓は鬘だから助かった。日本髪のままでは、イメージが合わない。

写真のコンセプトは「二十一世紀の街並みに溶け込む着物姿」だ。

いつまでも着物で初釜だ、観劇だと言っていては発展性がない。お気に入りのカフェで寛いだっていいし、単に町歩きを楽しむだけでもいい。

ワードローブの一つとしての着物、それは店舗コンセプトの「洗練」にも繋がるだろう。原宿を拠点とする「KURA」には、そういった新提案が必要だった。

「はい、OKです。次の着物に着替えてもらえますか」

八月七日、外は三十五度を超える猛暑日である。

エアコンを効かせてはいるが、撮影しているのは冬用の袷の着物だった。暑くないはずはないのだが、菊わかは顔に一滴の汗も浮かべず、「了解です」と請け合った。

「お疲れさま。いやぁ、よかった。お陰ですごくいいのが撮れたよ」

芸妓拵えのままアイスコーヒーを飲む菊わかに、団扇で風を送ってやる。芸妓姿も撮っておきたくて、最後に着つけの男衆さんに来てもらったのだ。

撮影に使った装束は袷の黒紋付だったが、さすがにそれで盛夏の巷は出歩けない。さらにもう一度夏用の絽に着替え、菊わかは夜のお座敷に備えている。

「べつに、芹さんのためやないし」

そう言って、菊わかは形のいい鼻をつんとそびやかす。

充の実家でやり合って以来、敬語が抜けて喋りやすくなった。持って回った粘っこい喋りかたをやめ、直球を投げてくるので受け止めるのも簡単だ。

「充からも、お礼言っといてって」

「そんなん、直接聞くし。なんで芹さんに言われなあかんの」

「なぜなら、充は当分東京から帰って来ないからです」

「そう。どうりで見たくもない顔ばっかり見せられるわけやわ」

言い回しはきついがこの遠慮のなさは、どことなく親友のエリカに似ている。

カメラマンから液晶画面で写真を見せてもらっていた菊わかは、「ふぅん」と感心したように頷いた。

「こんなふうに撮ってもろたん初めてやけど、カッコええやん。着物やのに、なんか海外のファッション誌みたい」

「でしょ。パネルに引き伸ばして店舗ディスプレイにするの。ブックレットも作るよ」

ブックレットは目ぼしいスタイリスト事務所やメディアにばら撒くつもりだ。商品写真ではなく、イメージ写真。ダサいものは作れない。

「せやけど、板倉のおっちゃんがよくこれでOK出さはったなぁ」

「うん、『ウチの顧客はお上品な奥さん層や』ってうるさかったけど、シャネルやディオールの広告見せたら黙ってくれた」

　芹にはあまり笑顔を見せない菊わかが、ぷっとふき出す。「気の毒に。そら文句も言われへんわ」と、充の父親に同情を示して見せた。

「次はもっと、小物で遊んでもええかもね。レースの手袋とか、ベールつきの帽子とか」

　写真が気に入ったのか、早くも次回の提案が出る。ファッションの広告は、切り取ってピンナップしたい気持ちにさせてこそだと芹は思う。

「いいね。涼しくなったら屋外でも撮りたいね」

「ロケハンなら任しといて」

　心強い。機材を片づけ、データの受け渡し方法を確認してから、カメラマンが引き上げてゆく。

「タケさん、おおきに」と菊わかに見送られ、ご満悦の様子である。

「舞妓のときからよう撮ってもろてる」らしい三十半ばのカメラマンは、どうも菊わかにほのかな想いを寄せている。菊わかのほうもそれを承知で「おおきに」の笑顔と引きかえに、少しくらいの無理は聞いてもらっているのだ。

　そんなふうに、微笑み一つで動く男はいくらでもいるのだろう。それなのに、どうしていつまでも幼馴染みの「充兄ちゃん」に固執するのか。菊わかなら、相手は選び放題のはずなのに。

「芹さん、腰紐貸して」

撮影に使った着物類の後片づけをしていると、そう言って手を差し伸べてくる。もてなしのプロとして培った自然な気遣いは、大嫌いなはずの芹にも発揮されてしまうようだ。整った指先で、腰紐をぱたぱたと五角形に畳んでゆく。

「ありがとう。ごめんね、朝から振りまわしちゃって」

夜のお座敷に影響しないよう、早めにスタートしたのにもう夕方だ。それでも菊わかは、「疲れた」とはひと言も言わなかった。

「ええ、ほんま。お陰でお稽古休んでしもたわ」と、厭味は忘れないのだが。

「お稽古？」

「そう、今日は踊りとお三味線」

「踊りならもう充分上手いじゃない」

驚きの声を上げた芹に菊わかは、「素人がなにを」という目で首を振った。

「たとえばオリンピックに出るようなランナーが、もう充分速いからって練習を怠らはると思う？」

「思わないけど」

「せやろ。芸の道も同じ。上を見たらきりがないけど、サボれば見る人はすぐに分からはる。ウチも踊りなら六つのころからやってるけど、それでもまだ目から鱗（うろこ）が落ちることがあるから面白いのん」

芹はたしかに素人だが、北野をどりで見た菊わかの舞は、他の芸舞妓と比べてもひと際目を引いた。それでもまだ、芸事に「完成」はないという。

私が六歳だったころ——、近所の男の子たちに交じって民家の塀から塀へと渡り歩く忍者ごっこに興じていたなと、芹は我が身を振り返る。続いて陸上部の引退と同時にハイジャンプそのものをやめてしまった、高校時代を思い出した。

あの夏の芹は、スランプに陥っていた。毎日のように日が暮れるまで練習しても、記録は伸びるどころか落ちてゆく。私はもうここまでなんだと、自分に見切りをつけてしまった。

競技を始めたばかりのころは、跳ぶことがとにかく楽しかったのに。気づけば苦しいばかりになっていて、だからこそ芸事にせよ職人にせよ、一つの道を究めようとしている人には無条件に惹（ひ）かれてしまうのだろう。

「そんなに小さなときからこの世界に入ることが決められてて、嫌じゃなかったの？」

「なんや誤解されてるみたいやけど、べつに強制されたことは一度もあらへん」

「そうなの？」

「げんに、芸舞妓になったんは上の姉ちゃんとウチだけで、真ん中の姉ちゃんたちは普通にOLやったはるわ」

いつの時代やと思てはるん、そう言って菊わかは口元を歪めた。

「じゃあ、どうしてなろうと思ったの？」

「それは、踊りが好きやったゆうのもあるし」

子供のころから芸舞妓の「ねえさん」たちが踊るのを、憧れの目で見ていたそうだ。

「あと、花街の中で上七軒だけ、ちょっと離れてるやろ」

京都の他の花街は、祇園甲部、宮川町(みやがわちょう)、先斗町(ぽんとちょう)、祇園東。いずれも祇園界隈にあるのだが、上七軒だけは繁華街からも駅からも遠く、夜になるとひっそりしている。町を支えてきた西陣の旦那衆も、景気の低迷でもはや派手に遊ぶこともない。

「たまに外からのお客さん接待しやはるときも、祇園甲部のほうが若い舞妓が多いゆうて、そっち行かはる。たしかに上七軒は『おっきおねえさん』が多めやけども、その分研鑽(けんさん)積んだはるの。せやのに地方から出て来て昨日今日舞妓にならはったような子らがちやほやされて、気に食わん。せや、ウチが舞妓デビューしたら絶対評判になるし、いっちょ盛り上げたろ、ゆうんが動機かな」

「なんだかすごい自信だね」

「昔っから美少女やったから」

自分で言ってしまうとは、ずいぶんいい性格をしている。

実際に菊わかがデビューしてから取材が増え、客も戻ってきたという。美貌だけでやっていける世界ではないからこその矜持が滲み出ていて、芸妓の顔をしているときの菊わかは、本当に美しい。

困った。私、この子好きだわ。

一応恋のライバルなのに、すっかりほだされてしまった。

「せやのに肝心の充兄ちゃんだけは、ちぃともなびいてくれはらへん。挙句の果てには芹さんなんか連れて来て」

「『なんか』で悪かったわね」

前言撤回。やっぱりいけ好かない女だ。

「まぁ、そこがええんやけども」

「そこって、なびかないところが？」

「男の人って子供のころは意地悪やったのに、大人になったら下心見え見えで近づいてきはって気持ち悪いやない。充兄ちゃんだけが、昔っから変わらず優しいのん」

よく分かる。きっと男の子たちは愛らしい菊わかにちょっかいを出したくて、ことごとく失敗してきたのだろう。

芹が小学生だったときも、クラス一可愛いリリカちゃんは男子からよく名前をからかわれたり、髪を引っ張られたりしていた。でも鷹揚な充は、子供のころからのほほんとしていそうだ。

「充兄ちゃんの昔のあだ名、『神さん』ゆうの。なにされても絶対怒らん。悪いことしたら『それはアカン』て窘められるけど、優しい声で言わはる。せやのに芹さんのことでは、兄ちゃん怒らはったらしいやん」

「えっと、いつのことだろ」

「おばちゃんに聞いてん。はじめて挨拶に来はったとき、おっちゃんが子供産めるんか、みたいなこと聞かはってんやろ」

「ああ、あれね」

父親から、跡継ぎの心配をされたときのことだ。充にしては珍しく、口調が尖っていたのを思い出した。

「ほんま、面白ないわ。て、おばちゃんが言うてはった」

憎々しげに吐き捨ててから、菊わかは充の母親のせいにする。その「面白ない」という共通の感情を膠にして、二人はタッグを組んでいたのだ。

「兄ちゃんの今までの彼女は、ウチがちょっと妨害したらすぐ諦めてくれたのに。芹さんてほんま図太いわぁ」

これは芹をけなしながらも、昔の女の影をちらつかせてくる、巧みな心理作戦だ。だがそんなもの、四十手前の女に今さら通用しない。

「そう、それは充と過去の彼女たちに同情するわね」

余裕でかわした芹をひと睨みして、菊わかは立ち上がる。頼んでいたタクシーが来たようだ。

左褄(ひだりづま)を取って歩きだし、見送りに立った芹を振り返る。

「芹さんは、いつから東京行かはんの?」

十四日の「KURA」オープンに合わせ、最終チェックのため芹も現場に入ることになっていた。レイアウトの調整と、接客指導もする予定だ。

「十日から、しばらくは」

「ふぅん。そのまま帰ってこぉへんかったらええのに」

少し前ならこの憎まれ口に、いちいち傷ついていただろう。だが菊わかに慣れてくると、もはや挨拶のようなもの。

「ご期待に添えなくて悪いね」と笑って、お座敷に向かう菊わかを送り出した。

七月に祇園祭があるせいか、京都の七夕は旧暦で行われるようだ。

西陣周辺では堀川(ほりかわ)遊歩道沿いがイルミネーションに彩られ、コンサートなどが催されている。空は薄ぼんやりと暮れてきて、祭りへと向かう浴衣姿の男女とすれ違う。

芹は撮影に使った着物や帯の詰まった特大のキャリーバッグを、汗だくになって引っ張っていた。菊わかのようにタクシーを呼べばよかったのだが、カフェから寺之内通の板倉織物までは歩いて十分もかからない。自分の足を使えば済むと、経費をケチった結果だった。

ねっとりと絡みつく熱気のせいで、汗がちっとも乾かない。いったん立ち止まり、バッグからペットボトルのお茶を取り出しひと息つく。偶然にも、「菊仲」の舞妓たちがCM出演していたメーカーだった。

祭りの賑(にぎ)わいは遠く、仄(ほの)かな気配しか伝わらない。荷物を置いたら、短冊でも書きに行ってみようか。「KURA」を成功させたいし、西陣の未来も心配だ。職人育成のための場所は山根たちが探しているが、目ぼしい物件は見つかっていない。

いや、それより充との結婚だってば。

意外と充実している毎日のせいで、つい忘れそうになってしまう。べつに急ぐつもりはないが、東京出張のついでに実家へ顔を出そうと思っていた。まだ結婚の目処(めど)が少しも立っていないことを、母親にどう伝えよう。

たまにかかってくる電話には、「なんやかやで来年になりそうかな」と曖昧に答えていた。でも「来年なら来年で、いつごろなの?」と母も予定が立たなくて困っているし、いつまでもごまかしてはいられない。

ごめんね、お母さん。不甲斐ない娘で。

だけど自分で解決しなきゃいけない問題を、星に願うのはいかがなものか。短冊に書く願い事は、オーソドックスに「世界平和」あたりがいい。ついでに私の身辺も、どうか平和でありますように。

「お疲れ様です、戻りました」

板倉織物の、入り口のガラス戸を押し開ける。社員の大半はすでに帰宅したようで、一階フロアの蛍光灯は三分の一だけを残して消えていた。充の叔父の猛さんが、奥からひょっこりと顔を出す。

「ああ、芹ちゃんお疲れ」

足元の大荷物を見て、入り口の段差でさりげなく手を貸してくれる。こういうところが相変わらずスマートだ。

芹はさっそくキャリーバッグを開け、その場で持ち物リストと照らし合わせた。帯から足袋まで、欠けているものはなにもない。

「どやった、若葉は」

「完璧でした。いい仕上がりになると思いますよ」

「そら楽しみやな。撮影見に行きたかってんけど、若葉に絶対来るなて言われてしもて」

「そうだったんですか。大荷物だったから、来てくださったら助かったのに」

「荷物持ちかいな。せやけど若葉の機嫌損ねたら恐いしなぁ」

喋りながら紙袋に紐類や裾除けなど、洗濯が必要なものを詰めてゆく。着物と帯は、会社の二階で陰干しをして、汗を飛ばしておかなければ。

「社長は？」

てきぱきと手を動かしつつ尋ねる。

途中で撮影の様子をチェックしに来るかと思っていたのに、充の父親はけっきょく顔を出さなかった。

「ああ、それがなぁ」

猛さんには珍しく、歯切れが悪い。なにがあったのかと顔を上げると、「まぁ、黙ってもしゃあないか」と頬を掻いた。

「ちょっと、義姉さんが荒れとってな」

猛さんから見た「義姉さん」とは、すなわち充の母親だ。芹はますます不安になって眉を寄せる。

「どこで聞きつけたんか、今日の撮影のこと知ったはって。『若葉ちゃんまで懐柔されてしもたんか』って、現場に乗り込もうとしはってん」

それを引き留め宥めるために、充の父親は慌てて家に帰ったそうだ。共闘していた菊わかにまで裏切られたと、思い込んでしまったのだろう。

「すみません、ご迷惑かけます」

「いやいや、兄貴が大変なだけで、僕は別に」

盆略点前のときの言い合いで、菊わかとは本音で話せるようになったものの、充の母親はますます芹を毛嫌いし、近づけたがらなくなってしまった。それだけならまだいいのだが、「芹さんを仕事から外して！」と、夫に泣いて頼んだらしい。

だが、「KURA」はもはや芹抜きではどうにもならない段階にきていた。

「それは無理や」と断ると、「よう分かりました。私よりもあの子のほうが大事ゆうんやね」と癇癪(かんしゃく)を起こし、家事全般を放棄して自室に閉じこもってしまったのだ。

昔堅気な充の父親は、そうなると靴下一つ満足に洗えない。責任を感じて「うちでやりましょうか」と申し出ても、「いや、芹さんにやってもろたんバレたら、ますます臍(へそ)曲げるし」と断られ、誤って台所用の漂白剤を入れてしまったという、まだらになった靴下を履いていた。

「ほんまに義姉さんにも困ったもんや。芹ちゃんはまぁ、ほとぼりが冷めるまでそっとしとき」

ヒステリックになった女に対し、男は距離を取って時が解決してくれるのを待つ傾向にある。充ですら「今はなにを言うても無駄やろ」と対策を講じないまま東京に行ってしまったし、父親も宥めはするが、話を聞いてやろうという姿勢ではない。

でもきっと、構ってほしいから駄々をこねているのだ。このままにしておいて、本当に解決するものだろうか。

「義姉さんも、嫁に来たばっかりのときはえらい苦労しやはったはずやのになぁ」

この社屋にエレベーターはない。キャリーバッグを二階に運ぶのを手伝ってくれながら、猛さんが吐息をつく。

「ほら、うちの母親が室町の総合問屋のお嬢さんで、義姉さんは宇治の人やろ」

「えっ、そうだったんですか」

思いのほか声が大きくなった。すでにこの世の人でない充の祖母の出自を知らないのはともかく、母親が洛中の人でなかったとは驚きだ。むしろ、京都市内ですらない。

「三代前から西陣に住んでます」という顔をして、山科を京都と認めず、「御維新」なんて単語をさらりと口にするあの人が。

「普通のサラリーマンの家の子で、兄貴とは大学時代に知り合うてん。西陣の織屋の嫁が着物もろくに着られへんゆうて、ずいぶんいびられはってなぁ」

「うそ、信じられない」

「しかも嫁姑同居やろ。朝五時起きで神棚のお世話して、家のしきたり叩き込まれて、茶道、華道、礼法、書道、なんやいろいろやらされてはったで」

ではあの母親も新婚当初は、芹と同じく「素養のない」女だったのだ。

「西陣の嫁の役割は――」と、放心したように呟いていた彼女を思い出す。三十年も前に刷り込まれたその役割とやらを、信じて全うしてきたのだろう。

「自分が苦労しはったんやから、同じことを人にせいでもええと思うんやけどなぁ」

そんな猛さんの意見には、芹も諸手を挙げて賛成したい。だが充の母親は、その苦労を嫁としての通過儀礼と捉えてしまっている。当然芹にも乗り越えてもらわなければ、板倉の嫁とは認められない。しかも自分以上のよそ者とあっては、手厳しくならざるを得ないのだろう。

芹はそれを「嫌がらせ」だと指摘したばかりか、時代が違うと主張した。母親の半生を、真っ向から否定してしまったのだ。

そりゃ、嫌われて当然かもな。

だからといって、自分が間違っているとも思えない。でもこのこじれ具合は、しばらく放置しておけばどうにかなる種類のものでもない。

だったらしょうがない、腹をくくるか。

「あの、お母さんの好きな食べ物とか、分かります?」

「え、もしかして行く気?」

「はい。このところ、あんまりまともなものを食べてないんじゃないかと思って」

当然のごとく料理も放棄しているので、充の父親は毎日二人分のコンビニ弁当を買って帰っている。その単調な食事にも、いいかげん飽きてきたころだろう。

「やめといたほうがええんちゃう？　せめて充が帰ってからにしとき」

「でもこれって、私とお母さんの問題でしょう。充を間に入れると、私は楽ですけど、お母さんはよけいに傷つくと思います」

大事に育ててきた息子が、大嫌いな女の肩を持つのだ。菊わかの言葉を借りれば、それって最高に「面白ない」状況だ。

「やっぱり、待ってるのって性に合わないです。いっそガチンコで殴り合うほうが楽。そのせいでもっとこじれるかもしれませんが、そうなったらそうなったときです」

その無鉄砲さに、猛さんが声を上げて笑いだす。板倉の男たちはいざとなると消極的姿勢を取る癖があるようで、芹の後先顧みない行動力が新鮮に映るのだろう。

「うん。なんか今、充があんたを選んだ理由がよう分かったわ」

猛さんは芹を引き止めるのを諦めて、充の母親の好物を耳打ちしてくれた。


派手な電飾看板などどこにもない西陣の夜は、案外暗い。人通りも少なくて、一人でふらりと歩いていると、もはや夜の世界から出られないような、小さな不安に歩調が急かされる。

空は薄曇り。星はほとんど見えず、月もどこかに隠れている。そのせいで夜はいっそう深く、織姫と彦星の、逢瀬のほども分からない。

でも新暦と旧暦。人間の都合であの人たち、年に二回会えることになっちゃってない？

京都にかぎらず、七夕を旧暦で祝う地方は少なくない。会える日が増えたのなら、恋人たちにとっては喜ばしいことである。

さてと、私たちは引き離されるわけにはいかないもんね。

両頬を挟むように叩いて気合を入れ、芹は笹屋町通の町家の呼び鈴を押す。猛さんには「骨は僕が拾うたろ」と送り出されたが、そう簡単に玉砕してたまるもんか。

「はいはい」と応対に出てきたのは充の父親だった。普段なら呼び鈴が鳴ってもぴくりとも動かないが、ストを起こしている妻の代わりに慣れぬことをしているようだ。

「ああ、ほんまに来はった」

前もって食事を作りに行きますと電話して、冷蔵庫の中身を確認してもらったのに、父親はまだ覚悟を決めかねているようだ。

火に油を注ぐ覚悟。その苦い表情が、延焼は避けたいと物語っている。

「ええ、ひと悶着起こしに来ました」

「お手柔らかに頼むわ」

どうやら諦めたらしく、芹を中へ通してくれる。町家を貫く通り庭の土間は、ひやりとして涼しかった。

「お母さんは？」

「頭痛いゆうて、自分の部屋に引っ込んでしもた」

母親の部屋は二階にある。寝ているとタイミングが計りづらいので、父親に様子を見に行ってもらった。

「起きて裁縫しとるわ。あれはまだ当分寝ぇへんやろ」

「裁縫？」それは家事じゃないのかと、首を傾げる。

「趣味やねん」ということらしい。

それならばと、通り庭の中ほどにある台所に立ち、芹は米を研ぎはじめた。

使いやすいようリフォームされてはいるが、クッキングヒーターのあるあたりには、かつて竈（かまど）が据えられていたという。いわゆる「おくどさん」だ。

その名残か柱に愛宕（あたご）神社の火除け札が貼られており、壁に取りつけられた棚（荒神（こうじん）棚というそうだ）にはまるでマトリョーシカ人形のように、七体の布袋（ほてい）さんが背の順に並んでいた。

「ああ、それな。初午（はつうま）の日に伏見稲荷で売っとる伏見人形や。毎年一つずつ買うて、七つ揃たら縁起がええねや」

不幸が起これはこれを神社に納めるなどして、また一から買い集めなければいけない。

背中に「火」の字を書けば火難防止になるとかで、台所に飾られているわけだ。

その布袋人形には榊と、小さな皿に盛ったご飯が供えられていた。

榊はまだ瑞々しく、ご飯も硬くなってはいるが決して古いものではない。米すら炊けない父親がお世話しているとは思えないから、母親がやっているのだろう。

家事は少しくらい放棄してもいいけど、これだけは。京の町家に代々伝えられてきた、素朴な信仰を見た気がする。

他にも蔵の神さん、今ではもう使っていない古井戸の神さん、商売の神さんと、家の所々に神様がいる。母親は毎朝早くから、そのお世話をし続けてきたのだ。

神棚はおろか仏壇すらない家に育った芹だけれど、一日を感謝と祈りで始めるこの習慣は、引き継いでいってもいいように思えた。


日本の古い家というのはたいてい、階段の造りに無理がある。スペースの問題なのだろうが、梯子がやや斜めになった程度の勾配で、手で摑まりながらでないと上りづらい。両手が塞がっている、つまりお盆なんかを持ったままでは、いつ足を滑らせて転がり落ちるかと、恐ろしいことこの上ない。

それでも芹は思春期に培った脚力を活かし、お盆をひっくり返すことなく上りきる。てっぺんで安堵の息をつき、体の緊張をいったん緩めた。

階段を上りきった先の、二つ目の部屋。お盆を持ち替え、閉まった襖(ふすま)をほとほと叩く。

「お母さん、芹です。いいですか?」

いいはずがない。分かっているから、返事を待たずに引き開ける。

そのとたん、色の洪水が目に飛び込んできた。

壁一面、床、本棚の天板、鏡台の覆いに至るまで、細かに切り貼りされた色が溢れている。それは一定の法則性を持ち、幾何学模様を描き出していた。

パッチワークキルトだ。

充の母親はこれまたキルトのカバーがかかった座椅子に座り、タペストリーを縫っているところだった。ノースリーブの、生成りのワンピース。この人の着物姿じゃないところを見るのは初めてだ。

「え、芹さん?」

突然乗り込んできた芹に、目を白黒させている。

「すごい、大作じゃないですか!」

芹もまた母親の膝に広げられたタペストリーの、打ち上げ花火を思わせる色柄に、感嘆の声を上げた。

「わぁ、ピースが細かい」と呟いて、両手が塞がったままだったことを思い出す。

「すみません、お食事どこに置きましょう」

「あ、えと。そこに折り畳みのテーブルが」

本棚と壁の隙間に、小さなテーブルが収納されていた。芹はお盆をいったん畳の上に置き、テーブルをセットする。そこにお盆を置き直してから、まじまじと部屋中の作品を眺め回した。

「綺麗。幾何学模様がお得意なんですね」

昨日今日始めた趣味ではない、たしかな技術が窺える。充の母親に、こんな一面があったとは知らなかった。

「もしかして、芹さんもキルトを？」

「まさか。母がやっているものですから」

細かなピースを縫い合わせて作るパッチワークキルトは、とにかく根気がいる。作業だけでなく素材集めにすら、こつこつと長い月日をかける。じっと座っているより動き回っていたい芹には、とても向かない。

「実家もこんなふうにキルトだらけなので、懐かしいです。どうしてこの部屋にしか飾っていないんですか」

「それは、和室にはあんまり合わへんし」

他の部屋は京の町家らしく、侘(わ)びさびの抑制が利いている。彼女なりに、その雰囲気は壊したくないのだ。

「って、ちょっと。なに勝手に入って来てんの」

毒気を抜かれていた母親が、ようやく正気に返った。芹はその前に、本棚に見慣れた名前を見つけていた。

「あ、母の本がたくさん。お買い上げ、ありがとうございます」

ピシリと並んだ背表紙の中から、一冊を選んで抜き出した。『遠野萩子(とおのはぎこ)〜パッチワークキルトの世界〜』、ここ数年の作品集だ。

「え?」

充の母親の目元から、再びするりと険が抜けた。戸惑いを隠せず、芹の顔と作品集を見比べる。

「お母様、たしか手芸教室を開いてはるって――」

「はい、自宅や東京で、パッチワーク教室を」

「せやけど、あんたは長谷川芹さん――」

「再婚したんですよ。私は旧姓のままなんです」

呆(ほう)けたような表情が、じわりと感動に溶けてゆく。充の母親は、「嘘ぉ」と両手で口元を覆った。

「遠野萩子さん、私めちゃくちゃ大好きなん。モザイクタイルみたいな繊細さとか、絵画みたいな表現とか、色彩のセンス。え、ほんまに？　ほんまにお母様？」

「ええ、あんまり似てませんけど」

スマホに写真があったはずだが、階下の鞄に入れたままだ。

充の母親は恋する少女のように目を潤ませて、「嘘ぉ、嘘ぉ」を連発している。遠野萩子がその世界で人気があることは知っていたが、まさかこれほど身近にファンがいたとは。

助かった、芹はひそかに胸を撫で下ろす。真正面から腹を割って話をするつもりで来たが、門前払いも充分ありえた。

ありがとう、お母さん。

第一の関門を突破した喜びを嚙みしめて、芹は実家のありそうな方角に、心の中で手を合わせた。

パッチワークキルトを始めたのは、充が小学校に上がってからのこと。その前年に姑が癌で他界しており、妙な解放感があった。

だが息子も次第に我が手を離れてゆく。解放感はしだいに空虚感へと変貌し、かつては看病や子育てに追われていた時間を持て余すようになっていった。

「それでもパッチワークをしてたら、ひと針ひと針、自分がこの世に縫い留められてる感じがしてん」

充の母親はそう言って、輝く瞳を遠くに向ける。

その数年後にたまたま立ち寄ったパッチワークキルト展で、遠野萩子の作品に出会った。ちょうど芹の母が再婚し、その名前で活躍の場を広げていたころだろう。出展されていたのは一面に彼岸花を描き出した、絵画的作品だった。

「パッチワークって、こんなこともできるんやって、えらい感動したんやわ。それまでは自分を縫い留めるのに必死やったけど、もっと自由でええんや。そう思たら、すっと楽になって」

それ以来、遠野萩子のファンになった。

問わず語りにそこまで喋り、充の母親は果てしなく長い溜め息をつく。

「それがなに、芹さんのお母様？　私の憧れの人から、こんな好かん子ぉが生まれたん？」

「理想を打ち砕いてしまって、申し訳ないです」

「ほんまやわ。遠野萩子さんに娘さんがいてはるんは知ってたけど、もっと繊細でおしとやかな子やと――」

暗に芹は正反対だと言っている。たしかに母はお嬢さん育ちで、見た目はおしとやか。だが芯はとても強い人だ。

「せやけど、ご飯は美味しい。腹の立つことに」

それはなによりだ。充の母親はぷりぷりと怒りながらも、スプーンを握る手を止めない。

彼女の好物は、オムライスだった。意外に子供っぽい嗜好である。アボカドとエビのサラダと、ミネストローネも旨そうに食べている。

ひと口にオムライスと言っても、トロトロ卵と薄焼き卵、デミグラスソース、トマトソース、クリームソースと様々なタイプがある。人によって好みにばらつきはあるが、芹が作ったのは薄焼き卵にトマトケチャップの、昔ながらのオムライスだ。

「この間充さんが作ってくれたオムライスが、薄焼き卵だったんですよ。だから、ご実家もこれかと思って」

「は、芹さんあんた、充に料理させてるのん?」

「ええ、アドバイザーの仕事をお受けしてから、私も少し忙しくなってしまったので。家事は分担制になっています」

充の母親に睨まれても、芹は動じることなく頷いた。

こんなことで負い目を感じてはいけない。もはやそういう時代なのだと、理解してもらわなければ。

「可哀想に。あの子、疲れて帰って来て家事までやらされて」

「普通です」

「は？」

「可哀想でも、偉くもない。だって、二人の部屋ですから」

　忙しく働いていても、自分の部屋なら掃除をするのがあたりまえ。食事も自分たちでどうにかする。二人で住んでいるのなら、それを分担するまでだ。

「それに充さん、家事得意ですしね」

　悪びれない芹に、充の母親は手にしていたスプーンを静かに置いた。オムライスはまだ、半分ほど残っている。

　弛緩（しかん）していた緊張が戻ってきて、芹は手のひらの汗をワイドパンツの膝で拭いた。

「芹さんあんた、保守的なことをやっとったら、西陣はあかんなるて言わはったな」

　どういう言い回しだったかは忘れたが、似たようなことを言った覚えはある。

　頷くと、充の母親は視線を落としたまま投げやりに呟いた。

「ようするに私みたいな古臭い人間は、芹さんから見たらつまらんのやろ」

「それは違います」

「いいや。若いころからばりばり働いて、フランス語までペラペラで、そんな人にしてみたら古い町の因習に凝り固まってるような人間、アホみたいや思うわ。せやけど私は、こうやれって教えられてきたんやし」

充の母親は、五十代後半。男女雇用機会均等法が施行される前の世代だ。その上幕末から織屋を営む板倉の家に嫁ぎ、ますます前時代的な役割を求められるようになった。もしかすると家を立派に守ってきた主婦の矜持とは別に、外で働く女たちへの、羨望と嫉妬が心のどこかにあるのかもしれない。

「こうやって家事を放棄しとったら、うちのお父さん面白いほどなんもできへん。私が先に逝ってしもたらどないするんやろうって、ちょっとゾッとしたわ」

珍しく弱気になっている。洗濯すらまともにできない夫を見て、さすがに思うところがあったのだろう。

「求められた役割をしっかりこなして、子供を立派に育て上げた人を、つまらないとは思いませんよ」

そう言った芹に、すがるような目を向けてくる。

本当はこれまでの生き方を、肯定してもらいたくてたまらないのだ。誰からも評価されない種類の努力を、彼女は長年続けてきたのだから。

だから芹はしっかり目を見て、「間違ってません」と頷き返す。

「ただ今は、女は家庭を守っていればいいと言えるほど、余裕のある時代じゃないんです」

労働力人口は大幅に減少し、一人当たりの年収も減っている。それに伴い、社会が女性に求める役割も変わってきたのだ。そのわりに働く女性を取り巻く環境は、いっこうに改善されないのだけど。

「どっちが間違ってるとかじゃありません。どっちも正しい。まぁ今後のことを考えると、お父さんはもう少し家事ができたほうがいいとは思いますが」

芹の所感に、充の母親ははじめて「ふふっ」と笑った。

「それに私、古い習慣が悪いとは言ってません。でもそれをただ踏襲するだけじゃダメです。西陣織もそう、残したいなら今までのスタイルを変えていかなきゃ。この間言いたかったのは、そういうことです」

「芹さんて、つくづく仕事脳なんやねぇ」

褒められているのかけなされているのか、判断のつきかねる口調だった。

「なんや、あんたと話してると疲れるわ」

力なく視線を落とす母親を前にして、喉がごくりと音を立てる。

さらに心証を悪くしてしまったか。ごめん、充。やっぱりそっとしておくのが正解だったかも。

「もうええわ。西陣のため、会社のためになるゆうんやったら、好きにしよし。どうせ私にはなんもでききんし」

いいや、まだリカバリーできる。

芹はとっさに「とんでもない！」と否定した。

「お母さんは、私にないものを持っていらっしゃるじゃないですか」

「芹さんにないもの？」

「ネットワークですよ！」

ほとんど勢いだけの思いつきだった。だが言葉にしたとたん、芹は確信した。

これは使える、と。

充の母親が持っている武器は、長年にわたり培われてきた、西陣の奥様ネットワークだ。

華道や茶道といった習い事を通じ、奥様たちの交流が出来上がっていることは知っている。今のままではたんなる噂話の伝言ゲーム機関にすぎないが、求心力のある人間、つまりハブを作ってやれば、機能する集団になるのではないか。

ようするに先日芹が西陣の嫁を集めてコンテンツを発信できないかと考えていた、あれである。男たちの腰が重いなら、女たちで変えていけばいい。そのほうが企業の垣根を取っ払って、西陣を盛り立てていける気がする。そのハブとして、充の母親が動いてくれたら最高だ。

「新商品提案、流行の発信、教育分野、町おこし、景観の保護、なんなら奥さんたちが職人を目指したっていいわけですし、やろうと思えばなんでもできると思うんですよ。メディア受けもよさそうだし。ね、楽しそうじゃないですか？」

気づけば充の母親を前に、拳を握って熱弁をふるっていた。

話があらぬ方向に飛躍し、母親はついてこられずに「はぁ」と曖昧な返事をするばかり。少しでも興味を引く提案はできないかと、芹はううんと頭を捻る。

「たとえば古くて状態の悪くなった帯をパッチワークにして、新しい帯を作るプロジェクトとか」

これには反応があった。話を聞き流していた母親の、目の色が急に濃くなった。よし、もうひと息だ。

「具体的になにをやるかは、皆さんで考えていけばいいんですけど。どうですか、ひとまず座談会などしませんか？」

そこで挙げられたアイデアを基に、今後の方針を決めていけばいい。興奮のあまり、芹は母親の手を取らんばかりになっていた。

本当なら、自分が中心になって進めたい。だがよそ者の芹が号令をかけたところで、西陣の奥様たちは動いてくれないだろう。

「ちょっと待ってくれへん、芹さん」

芹が前のめりになっているぶん、充の母親は後ろに反っている。勘弁してくれと言わんばかりに、手を前に突き出してきた。

「そんなん、いきなり言われても」

「だったら、少し考えてみてください」

「いやだから、私なんかずっと専業主婦できてるわけやし、とてもそんなことは」

「そうですか。お母さんはご自分が思っておられるよりずっと、影響力のある人ですよ」

それに芹と充の仲を、強固に反対し続ける精神力もある。ハブとしてはバランス感覚が少し弱いが、それは芹がサポートすればよい。

「なんや、本格的に頭痛なってきた」

本当に具合が悪そうだ。顔色が悪い。

「大丈夫ですか。お布団敷きましょうか」

「いや、ええわ。それより、これもう下げて」

そう言って、折り畳みテーブルを軽く押しやった。途中でスプーンが置かれて以来、オムライスはひと口も進んでいない。

「分かりました」とお盆を手に取る。全部食べてもらえなかったのは残念だが、食欲を削いでしまった自分も悪い。

「ごめんな、せっかく作ってもろたのに」

「いいえ」

それでも主婦として、食べてもらえなかった料理の悲しさは分かる。この人はやはり充の母親だ。満腹でもう食べられないとき、充もまたとても申し訳なさそうな顔になる。

「なぁ、芹さん。せっかく料理作っても、ひと口も食べずにひっくり返されるかもとか、考えへんかったん？」

立ち上がった芹を呼び止めて、母親が尋ねてきた。

普通に考えれば、嫌っている人間が作ったものなど食べたいとは思わない。むしろ嫌悪感が増すだけだったかもしれず、浅はかなことをしたと、落ち込む羽目になっただろう。

「そうですね、差し出がましいかなとは思いましたけど」

「実際、差し出がましいけどな」

すかさず切り返され、芹は「はは」と乾いた笑い声を上げる。

「でも布袋さんにお供えされたご飯を見て、こういうことをする人は食べ物を粗末にはしないだろうなと感じたので」

妙な沈黙が流れた。母親が、芹をじっと見上げてくる。

やがて「そうやな」と頷いて、芹の持つお盆を目で示した。

「それ、ラップかけて冷蔵庫入れといてくれる？　後で食べるから」

表に出てみると雲は晴れ、星の瞬きが夜空を彩っていた。

とはいえ京都の町中で天の川が見えるはずもなく、芹は星に疎い。

織姫がベガで、彦星がアルタイルだっけ。

その程度の知識はあるが、とても見つけられそうになかった。

湿気の残る夜風に吹かれながら、歩きだす。充の父親には「長々と二人でなにを話してたんや」と心配されたが、想定していたよりもいい結果になった。

芹は今後も「KURA」の業務に携わってもいいようだし、西陣織奥様会（仮）の発足についても、一応は検討してもらえるみたいだ。

今はまだ眠っている奥様勢力を掘り起こすことができれば、西陣は大きく様変わりするだろう。

新たなビジョンまで見えて、順調、順調。往路よりも心なしか、足取りが軽い。

どれだか分からない星を見上げて、心の中で願い事をする。どうか充の母親が、ハブ役を引き受けてくれますように――。

「あ、しまった」

はたと立ち止まり、声に出して呟いていた。

今後も仕事が続けられるのは喜ばしいことだし、充の母親との距離も、前よりは縮まったような気がする。

でも肝心の、充との結婚は？

それについては、いいとも悪いとも言われていない。というか、思い返せば仕事にまつわる話しかしていない。

これでは仕事脳と言われるわけだ。

がくりと肩を落とした芹の頭上で、見つけられなかった夏の大三角形が輝いている。

七

長谷川芹は頭を抱えていた。

テーブルには「KURA」をオープンした八月十四日から一ヵ月間の、日次決算シートが広げられている。売り上げ、原価、人件費、経費など、細かく項目分けして一日ごとに動向を追い、ひと月の合計を出したものだ。その表でまず真っ先に目につくのは、赤字で表示された営業利益の項目である。

初月が赤字になることは、蓋を開ける前から分かっていた。すでに浴衣商戦が終わった、中途半端な時期の開業である。九月に着る単衣の着物を売るにも仕立ての期間を考えればすでに遅く、冬物の袷の気分になるにはまだ暑い。ではいったいなにを売ればいいのかという、最悪のタイミングだったといえる。

だからといって、すでに契約してしまった店舗を一、二ヵ月遊ばせておいてもロスになるだけ。八月、九月は集客にのみ力を入れると割り切って、オープンに踏み切った。

売り上げが損益分岐点である四百万円に遠く及ばない現状も、まだ種蒔きの段階と捉えて焦らない。事実、顧客リストは集まりつつある。特に九月に入ってからはじめた、着物の丸洗いキャンペーンがいい仕事をしてくれていた。

元々板倉織物とつき合いのあった悉皆屋と提携し、夏着物を仕舞うこの時期に、都内相場より最大三十パーセントほど安い価格で丸洗いを受けつけている。

「着物愛好者のコミュニティって狭いし、だいたいどこかで繋がってるから、口コミが広がると速いよ」とアドバイスをくれたエリカに頼み、SNSで情報を流してもらったところ、「KURA」のオープニングキャンペーンは着実に拡散されてゆき、店舗ホームページの閲覧者数は一気に増えた。

それでもはじめはこれをエサに、押し売りに近いかたちで高い買い物をさせられるのではと警戒されたようで、なかなか来店には結びつかなかった。だが一部の勇気ある、もしくは無謀な、はたまたランニングコストにシビアな客が着物を持ち込み、不愉快な接客がなかったことをこれまたSNSで拡散してからは、客足が伸びてきた。

このキャンペーンのなにがいいって、着物の持ち込みと引き取りで二度の来店があるところと、品物を預かる際に名前や住所、電話番号といった個人情報を引き出せるところである。夏着物を丸洗いに出す客はおよそ着物初心者ではなく、上顧客に化ける可能性が高い。

他にも店舗に足を運んでもらうためのキャンペーンはいくつか用意があることだし、完全なる赤字とはいえ、芹の見立てはむしろ順調だった。にもかかわらず、なぜ頭を抱えているのかといえば——。

「うちの帯が、まだ一本も売れてへんな」

日次決算シートを覗き込んだ充の父親が、険しい顔でそう呟いたからである。

今のところ売れ筋なのは、数千円から一万円程度の帯揚げ、帯締めを中心とした小物類だ。

当然といえば当然のこと。こちらが着物の丸洗いにかこつけて顧客リストを集めているように、あちらもまだ様子見といったところである。それでも手ぶらではなく買い物をして帰ってもらえたのは、その金額を使ってもいいと判断されたからだ。「KURA」の信頼度は、金額に換算してようやく一万円程度なのである。

「やっぱり来てくれたお客さんに、しっかりセールスせなあかんのとちゃうか？」

それなのに充の父親がとんでもない発言をするものだから、芹は軽い眩暈に襲われた。八月、九月の経営方針については何度も話し合い、了解を取りつけたつもりでいたからよけいである。

「だから、それは最低な悪手です。フロントエンド商品とバックエンド商品の扱いは明確に分けなきゃいけません」

芹はこめかみを揉みながら、何度目になるか分からない説明を繰り返す。

フロントエンド商品というのは、集客を目的とした商品、つまりこの場合は格安の着物丸洗いキャンペーンのこと。バックエンド商品とは本命商品、もしくは高額商品。つまり「KURA」においては自社製の帯である。

フロントエンドの段階では商品やサービスに興味のある人を集めることだけが目的で、なおかつお客様が漠然と抱く不安を取り除かねばならない。にもかかわらず、高額商品を売りつけようとするから旧来の呉服屋のやりかたは嫌われる。商売が下手な人ほど、集客段階で利益を出そうとしてしまう。

「いきなり十万以上の商品は売れません。たとえば通りすがりの人に『これはとてもいいものです。値段以上の価値があるので買ってください。二十万円です』と言われて買いますか。たしかにいいものだと分かっても買わないでしょう」

かなり誇張したが、やっているのは似たようなことだ。「KURA」の店長である後藤さんには、ぜったいにお客様の意思を無視して電卓を叩き続けるような接客はするなと、うんざりするほど言い聞かせてある。

店内ではお茶の一杯でも出して寛いでもらえるように。「ごゆっくりご覧ください」と一歩引きつつも、質問があればすぐに対応できる距離を保つこと。お客様の話に耳を傾け、ニーズを汲み取ること。お辞儀の角度、笑顔、声の調子まで、徹底的に叩き込んできた。

接客業としてはあたり前のことばかり。でもそれがまったくなっていない呉服屋が巷に溢れているものだから、気持ちよく店内を見て回れて、なにも買わなくても笑顔で送り出してもらえるというだけで、印象は驚くほどよくなる。だからこそ一度来店したお客様が、「不愉快な接客はされなかった」とSNSに書き込むのだ。

呉服業界が膿んでいるおかげで、ハードルが低くて助かると言うべきか。押し売りをしない、目利きの店主がいて商品を適正価格で扱っている、そんな優良呉服店の情報は着物愛好者の間で共有されている。今はそのリストの中に「KURA」の名前を入れてもらうことがなによりも大事だった。

芹はこめかみを揉みながら、充の父親に反論する。

「大丈夫ですから、もっと自社商品の魅力を信じてください。買え買えとせっつかなくても、『欲しい』と思ってもらえるだけの力はあります!」

それについては、オープン初日に様子を見に来てくれたエリカのお墨つきだ。アンティーク着物愛好者で現代着物にはあまり目を向けない彼女が、「どうしよう、素敵」とラピスラズリを織り込んだ帯の前で目を輝かせていた。

「こんな帯、見たことない」

見慣れた柄行の西陣の帯なら、リサイクルやアンティークでいくらでも安く手に入る。

だがそのラピスの帯は、色糸ではとても出せない光沢で見る者の目を奪う。店内の商品は撮影自由、ネットでエゴサーチをするかぎり、他のお客様の反応も上々だ。でもときめくSNSへの投稿も自由と謳ってある。『これ欲しい。でも高い。でもときめく～！』というコメントが写真に添えられているのを見つけ、芹はにんまりとほくそ笑んだ。

人はときめきで物を買う。家に帰っても頭から離れないというのはいい兆候だ。

「冬のボーナスの使い道、決まっちゃったかも」と、エリカも真顔で頷いていた。

大事なお金の使い道なのだから、しばらく悩んでくれていい。高額商品を売りつけたものの、二度と足を運んでもらえないでは困る。

「あとはとにかく信頼感です。『KURA』は直営店ですから、ぼったくり価格では絶対にない。その認識が浸透するまでの我慢です。丸洗いのお客様が着物を引き取りに来店されるころには、必ず動きが出ますから」

なんの保証もないが、言い切った。

板倉織物の、打ち合わせスペースである。正面に充の父親、その隣に猛さんが座り、広げられたデータを睨んでいる。

この一ヵ月で充の父親にはじわじわと、芹に対する不信感が芽生えてきたようだ。コンサルの経験があるわけでもない部外者に、頼りすぎてしまったのではないかと後悔している。だからといって、芹まで弱気になってはいられない。まるで確信があるかのように、強く頷く。

でも本当は、日を追うごとに不安が胸にしこりを作ってゆく。ここ数日はむかむかと、軽い吐き気を覚えるほどだ。一昨日たまたま会った菊わかに、「ちょっと聞いたで。東京の店、あんまりうまくいってへんみたいやん」と文句をつけられたことと、無関係ではないはずだ。

板倉織物の人間からではなく、他社の社長から聞いた話だという。もう町の噂になっているのかと、芹はあらためて京雀（きょうすずめ）の耳聡さに舌を巻いた。旧態依然とした同業者の多いこの町で、新しいことをすれば目立つ。コケたときには一斉に、指をさして笑うのだろう。

「ほら、あっこは東京から来た嫁もどきに引っ掻き回されて、あかんようなってしもたわ」と、陰口の内容まで想像できる。

町全体が芹の手腕に注目しており、失敗すればいよいよ身の置きどころがなくなってしまう。打ち解けてきたと思っていた充の父親が、態度を硬化させているのも悩ましい。先日は菊わかがモデルを務めたブックレットを手に、「こんなもんにここまで金かける必要あったんやろか」とぼやいていた。

印刷代や紙代をケチれば、たしかにもっと安くできたはず。だが安っぽければ安っぽいほど、目も通されずにゴミ箱行きだ。きちんと人の目に留まるもの。むしろ欲しいと思われるものに仕上げたかった。

メディアに配っただけでなく、ホームページ上では「ブックレット無料でお届け」として、そちらでも顧客情報を集めている。そのために必要な経費だと説明し、納得させたはずなのに、今さら愚痴られても困るのだ。

「うちがひと肌脱いだんやから、しっかりしてや！」と、菊わかにも発破をかけられている。だれもかれもその調子で、「だからもうちょっと待ってってば！」と叫び出したい気分である。

「まぁ芹ちゃんがそう言わはるんやったら、もうちょっと様子見よ。元々九月までは種蒔きやてゆうてたんやし。な、兄貴」

しばらくじっと押し黙っていた猛さんが、軽薄に肩をすくめた。自分にはどうせなにもできやしないと、考えるのを諦めたか。投げやりな態度ではあるが、今の芹にはありがたい。実りの時期を待たずして、収穫を期待してもしょうがないのだ。

いつもながらジャケットの着こなしがイタリア男のような猛さんに肩を叩かれて、充の父親は鼻からふうと息を吐いた。

「分かった。ほな、九月いっぱいまで待ってみよ」

そのひと言に、芹はにやりと笑ってみせる。本当は自信なんてないけれど、できるだけ不敵に見えればいい。

今日は九月十九日。猶予期間は約十日となった。

今年は残暑が長引かず、九月に入るとエアコンはもう必要なくなった。

窓を網戸にしていると、夜風がすっと襟首を撫でる。リーリーと鳴く虫の音が微かに聞こえてくるのに気づき、芹はノートパソコンのキーを打つ手を止めて、目頭を揉んだ。どうやら集中力が切れたようだ。

「はい」と、絶妙のタイミングで充がマグカップを差し出してくる。鼻先にふわりとカモミールの香りが立ち昇った。

「ありがとう」

温かい飲み物が嬉しい季節だ。ハチミツを垂らしてあるのか、ほのかに甘い。疲れていた脳がほぐれて、芹は「はぁ」と目を細めた。

二人とも、風呂上がりのパジャマ姿。充も自分のカップを手に、芹が背もたれ代わりにしているソファに腰掛ける。ラグの上に直接座り込んでいる芹は、背後からの視線を感じて振り返った。

「芹さん、ちょっと痩せた？」

「え、ホント？」

「顎のラインが細なった」

そう言われて頬を撫でる。自覚はないが、このところあまり食欲がなかったのはたしかだ。

「店の売り上げのこと、プレッシャーなってるやろ?」

愚痴はひと言も洩らさなかったはずなのに、言い当てられて「うっ」と言葉に詰まる。

「親父もけっこうイライラしとるし、芹さんしんどいんちゃうかな」

落ち着いた柔らかな声だ。目の前にある充の膝に、芹は無言で頭を乗せた。

「よしよし」

伸びかけの髪を梳く手が心地よい。けっこうな年齢差も忘れ、芹はぐりぐりと額を押しつける。

「ちょっと吐き出してみ」

誘導されて、「うん、ホントは自信ない」と弱音がこぼれ落ちた。

はたしてあと十日のうちに、帯は売れるのだろうか。店長の後藤さんに問い合わせてみると、悉皆屋に預けた着物は明日あたりから店に戻ってくるという。芹の戦略が当たるかどうか、徐々に明らかになってくるはずだ。

「バイヤーだったころはさ、どんなに無名な作家の作品を仕入れても、百貨店の信頼でお客様は買ってくれたわけよ。『船越デパートさんならめったなものは置かないだろう』ってね。でも今回はそれを一から作り上げなきゃいけないから、この方法で合ってるのかどうか分からない」

心の中の柔らかな部分を、さらけ出すのは恥ずかしいことだと思っていた。それなのに自分でも驚くほど、するすると言葉が紡ぎ出されてゆく。充の膝に顔を埋めたまま、ああそうかと目を瞑る。だから私はこの人が欲しかったんだ。

「もうダメ。吐きそう」

「吐くって、具を？」

「うん、具」

夕飯は麻婆豆腐だったから、吐き戻したものはおそらく赤いだろう。具という言いかたがおかしくて、芹はくすくすと肩を揺らす。

「大丈夫、大丈夫。ゴーサイン出したんは親父なんやし、芹さん一人が背負い込むことない。もし間違ってたんなら、軌道修正してけばええ」

「本当に？」

甘ったるい声が出た。ずっとずっとはるか昔、自分の世界の大部分をお母さんが占めていたころみたいに。

「僕もいてるし、大丈夫。だから今日はもう寝とき。そんな根詰めても疲れるだけや」

「ああ、これは違うの」

充の視線がテーブルの上のノートパソコンに向けられたのを悟り、顔を上げる。スリープ状態になっていた画面を、キーを叩いて呼び起こした。

「ニコラに頼まれた、プレゼン資料の和訳。売り上げのことは今悩んでもしょうがないから、気晴らしに」

二分割にした画面の左側にはフランス語、右側にはその和訳が並んでいる。テレビアニメ『柄バト!』の製作委員会に名を連ねている各企業に、送るつもりの資料である。喋れはしてもニコラは日本語のライティングが得意ではなく、芹が翻訳を請け負うことにした。

「それからこっちは、この間山根さんと話してたんだけど」

カーソルを移動して、別の画面を呼び起こす。SNSでの炎上を機に、よくも悪くも注目された山根の許には、あれから弟子希望者が三人面接に訪れたという。そのうち一人は先の見えない不安定な現状に「やっぱいいす」と断りを入れてきたが、あとの二人は「お金を払ってでも習いたい」と意欲を示しているそうだ。

「調べてみたら博多織にはさ、販売戦略までプログラムに組み込まれてる職人向けの学校があるんだよね。でもこれは分業化が進んでる西陣には向かないだろうから、出機職人集団を作って法人化しちゃうのが現実的だと思うの」

西陣の職人は横の繋がりが薄い。それならば山根に駆けずり回ってもらい、薄い繋がりを密にしてもらうしかない。若手——といっても四十代、五十代が中心だが——に呼びかけて、賛同者を募る。資金は複数の織元に出資をお願いして、なんとしてでももぎ取るつもりだ。

「でも問題はやっぱり場所なんだよね。弟子が増えると力織機が足りないし」

山根の工房も、すでにパンク寸前だ。下村織物に協力を断られてからというもの、廃業した機屋にもあたってみたが、土地建物を丸ごと買い取る必要があったりと、なかなか条件が合わずにいる。

「やっぱりもう一度、下村社長と話せないかな。ねぇ、充」

振り返ると、呆れたような眼差しとぶつかった。芹のじっとしていられない性分に、つける薬はないと悟ったらしい。充は「しゃあないな」と首を振る。

「分かった、下村社長にもっぺん食い下がってみよ。でもほんま、ワーカホリックもほどほどにして」

「だって他の仕事をしてたほうが、気が紛れるんだもん」

「『だもん』やない。休息取るんも大事な仕事。ほら、寝よ寝よ」

忙しくしていたほうが胸のむかつきを忘れられるのだが。充に急きたてられて、渋々パソコンの電源を落とす。

出機職人集団は、なかなかいい提案だと思う。でも「ＫＵＲＡ」がコケたら芹の言うことに、誰も耳を貸さなくなるだろう。織元の協力を得るなんて、絶対できない。やっぱり売り上げが立たないことには――。

そんなことを考えながら、カモミールティーを口に含んだ。その香りに触発されて、胃がきゅっと絞られる。

「うっ！」と呻いてとっさにキッチンまで駆けた。流しの縁にすがりつくようにして、口に溜めたお茶を吐き出す。空嘔をして咳き込んでいると、後を追いかけてきた充が背中をさすってくれた。

「ごめん。ホントごめん。我ながら、こんなにプレッシャーに弱いとは」

これまでの仕事でも、綱渡り的局面はあったはず。新人バイヤーのころは売れると踏んだ服が大量に売れ残り、泣きながら鋏を入れたこともある。

それでもこれほどメンタルに影響しなかったのは、やはり組織の中で守られていたからだろう。今の状況では失敗すると、充との結婚というプライベートまでが危うい。

頬に流れた涙を手の甲で拭う。結果はどうあれ、腹をくくるしかないのだ。これ以上心配をかけてはいけないと、「もう平気」と無理に笑顔を作る。

だが充は神妙な面持ちで、芹の下腹部に視線を落とした。

「なぁ、芹さん。それってもしかして――」

診察を終えてピンクのソファが並ぶ待合室に出てみると、部屋の隅にぽつんと佇んでいた充がはっと顔を上げた。

産婦人科という場所柄、妊婦に席を譲ったのだろう。男性一人で気まずそうにしていたが、芹が近づいてゆくと待ちきれずに「どうやった?」と尋ねてくる。

「七週目」

「えっ?」

医師に告げられたばかりの週数を告げても、ぴんとこなかったようだ。

「二ヵ月目だって」と言い直す。

昨夜充に「それってつわりやない?」と指摘され、「いやいや、まさか」と否定していただけに決まりが悪い。午前休を取って産婦人科に連行されてもまだ、「大げさだって」と笑っていたのに。生理が遅れていることにすら、自分では気づいていなかった。

充は呆けたような顔で、「そうかぁ」と息をつく。

「そうかぁ、そうかぁ」

繰り返すごとに、じわじわと口角が上がってゆく。堪えきれない笑みを前にして、芹にもようやく実感が湧いてきた。充が喜んでくれている。それがなにより嬉しかった。

娘のつき添いらしい年輩女性が、目を細めてこちらを見ている。その視線が恥ずかしく、「顔、弛みすぎ」と憎まれ口を叩く。真顔に戻ろうとした充の口元が堪えきれずにひくひく動くものだから、けっきょく芹も笑ってしまった。

受付で会計を済ませ、車を停めたコインパーキングへと歩いてゆく。近場だと誰に見られるか分からないので、わざわざ充の運転で京都駅近くのクリニックに来ていた。

「なんか食べてく？」と聞かれて首を振る。昼は近いが、やはり胸がむかむかする。飲食店へは不用意に入らないほうがよさそうだ。

「ごめんね」

「ええよ、ええよ。ほな帰ろう」

充はやけに機嫌がいい。目尻は下がりっぱなしで、三歩歩くごとに芹の顔を覗き込んでくる。「それ貸して」と、肩にかけていたバッグまで取り上げられた。

「そこ足元気ぃつけて」

「うん、見えてるから」

芹はやれやれと苦笑を返す。浮かれる気持ちは分かるけど、まだ先は長いのに。戸惑いと喜びの感情がひと通り落ち着くと、かえって冷静になってきた。

出産予定日は翌年の五月上旬。順調にゆけばそのころには身二つになっているなんて、とてもじゃないが信じられない。産んでしまうとしばらく身動きが取れないだろうから、今取りかかっていることはそれまでに目鼻をつけておかないと。

残りの月を指折り数える。まだ時間があると思っても、おそらくあっという間だ。なによりまず「ＫＵＲＡ」を軌道に乗せなければ。

そんなことを考えながら車に乗り込む。だから充の次のひと言に、芹はぎょっとした。

「とりあえず『ＫＵＲＡ』のアドバイザーは外してもらおか。東京と京都行き来するの、しんどいやろ」

そう言っておもむろにスマホを取り出す。「お母さん家にいてるかな」と画面をいじりだしたその手を、慌てて押さえた。

「え、ちょっとなにする気？」

「なにって、こうなったからには早よ籍入れんと。うちの親も今さら反対はせんやろ」

「いや、待って待って待って待って」

芹は焦った。これが男の想像力の限界か。ひとたび妊娠と分かれば、子供はなにごともなく生まれてくるものと決めつけている。

「せめて安定期まで待って」

「安定期？」

「妊娠五ヵ月目！」

「そんな。おめでたいことやのに」

「あのねぇ。あんた、私をいくつだと思ってんのよ」

一般に年齢が上がるほど、初期流産の確率は高くなる。そうでなくとも友人たちの話を聞くかぎり流産経験者は案外多く、珍しいことではないらしい。周囲に報告する前に流産しているから広く知られていないだけで、男性同士でそんな打ち明け話をするのは稀だろうから、単純に知識がないのだ。

「子供をダシに結婚認めさせといて、『すみません、やっぱりダメでした』じゃ示しがつかないでしょうが！」

突然怒りだした芹に、充が心外だという顔をする。

「せやけどあんまり遅なったら、おっきいお腹で結婚式せなあかんなるで」

「べつにいいよ、しなくても。そんなことより万全を期すほうが大事。妊娠初期って本当に、なにがあるか分からないんだよ！」

男性にとって妊娠、出産は文字通り他人事、こういった不安は伝わりづらい。それでも芹がナーバスになっているのは感じ取れたようで、充は不承不承頷いた。

「そんなに言うんやったら、黙っとくけど」

「仕事もするからね」

「ええ～っ」

「なによ。みんな産休まで働いてるでしょ。それに今することがなくなったら、暇すぎて死んじゃう」

京都に来たばかりの、なすべきこともなく鬱々としていた日々を思い出す。少しくらい忙しくしていたほうが、精神的には楽なのだ。

「無理だと思ったら私から言うから、お願い働かせて！」

手を合わせて拝まれて、充は探るような目を向けてきた。

「無理せぇへん？」

「うん、しないしない。保証する」

「軽いなぁ」

ぶつぶつ文句を言いつつも、スマホを置いて車を発進させる。芹はほっと肩の力を抜いて、助手席のシートに身を預けた。

安心したせいか、やけに眠い。車の振動が心地よく、とろりと瞼（まぶた）が落ちてくる。無意識に下腹に手を置いて、ゆっくり意識を手放してゆく。

「芹さん、電話鳴ってんで」という充の声は、夢か現（うつつ）かもう分からない。


下村織物の応接室には、下村社長の肖像画が額装されて飾られていた。誰の作かは知らないが、肉づきのいい顔はひと目で本人だと分かる。薄笑いを浮かべている油絵は、両隣に西陣織大会の内閣総理大臣賞と経済産業大臣賞の賞状を従えている。

ほとばしる自己顕示欲から目を逸らせずにいると、隣に座る山根に「見すぎや」と肩をつつかれた。

黒い革張りのソファと、ガラステーブルの応接セット。上座に座らされて居心地の悪い思いをしているところへ、ノックの音がありドアが開いた。

「お呼び立てしてすみませんねぇ。主人もすぐ来ますんで。あ、コーヒーでよろしかった?」

トレイを持って入ってきたのは、下村社長の奥様だ。こちらもふくよかな人で、羽二重餅のような肌をしている。笑顔は柔らかく、コーヒーカップを置く手つきは優雅なものだ。

「ありがとうございます、いただきます」

会釈を返したものの、はて妊娠中のカフェインはダメなんだっけと内心で首を傾げる。いや、一日一杯くらいなら大丈夫だろう。これから当分はお酒も飲めず、なかなか不自由な身の上である。

産婦人科からの帰り道、芹が眠っている間に山根から着信が入っていた。どうも下村社長から「都合のええときに、会社のほうへ来てくれへんか」と呼び出されたようで、「なにごとやろ」という相談だった。

充には下村社長ともう一度話をさせてほしいと頼んでおいたが、昨日の今日でまだなにも伝えてはいない。あちらから、いったいなんの用だろう。

来てくれと言うからには、行ってみないと始まらない。充も同行したがったが、どうにか説き伏せて仕事に行かせた。芹に対してすっかり過保護になっており、この調子では安定期に入る前にどこかでぼろを出しかねない。しばらくは二人で人前に出ないほうがよさそうだった。

山根のほうも「ややこし話になったらなに言いだすか分からんから、ニコラは置いてきた」と一人である。なにしろ芹が出しゃばるのをよしとせず、西陣織物業組合の理事長にまで直訴した下村社長だ。山根が同世代の出機職人に声をかけて回っているのを察知して、難癖をつける気なのかもしれない。

だがそのわりに応対に出てきた奥様はフレンドリーで、「あんたさんが芹さんな」とにこにこしている。それとも「えらいご活躍やと聞いてますえ」というのは、洛中人お得意の厭味なのだろうか。判断はつかないが、どのみち下村社長とは近々顔を合わせるつもりだったのだから、ちょうどよい機会だと割り切ることにした。

コーヒーを出しても奥様は応接室から出て行かず、トレイを抱くようにして正面のソファに腰掛ける。芹への興味を隠しきれない様子で、うふふと含み笑いを洩らした。

「板倉の奥さんとは私、お茶仲間でねぇ」

茶飲み友達という意味ではなく、この場合は茶道のほうだろう。実現するかどうかは分からないが、西陣織奥様会（仮）の会員候補となるべき人だ。

「あの人をへこますて、あんたなかなかやらはるやん」

褒められているのか、けなされているのか。充の母親と仲がいいのか悪いのかすら分からず、下手に言質を取られないよう、芹は微笑みだけを返した。

充の父親を困らせていた母親の家事ストは、すでに終わっている。芹がオムライスを作りに行った翌朝には、しれっと朝食が用意されていたそうだ。

なにかしら心境の変化があったと期待したいが、芹に対する態度は特に変わらない。

ただ「KURA」オープンの際に一日だけ休暇をもらい、茂原の実家に立ち寄ったのが伝わったらしく、「お母さん、お元気やった？」と尋ねてきたときだけは、やけに目が輝いていた。我が母ながら、遠野萩子様々である。

下村の奥様は、笑顔を崩すことなく話し続ける。

「こないだのお稽古の後、私らにもなにかできるかなぁって話してたんやけど」

「えっ」

それは充の母親が、いよいよ己のネットワークを活用してくれる気になったということか。奥様にもっと突っ込んで聞きたかったが、その前に下村社長が「すまんすまん」と突き出た腹を揺らしながらやって来た。

「取引先からの電話が長引いて、お待たせしてしもて」

このところめっきり涼しくなったというのに、まだしきりに額をハンカチで拭っている。タオルではなくなったところに、季節の変化を感じ取ればいいのだろうか。もう一方の手にはお茶のペットボトルを握っており、奥様の隣にどかりと腰を落ち着けると、まずはそれで喉を潤した。

「ああ、板倉さんとこの、なんやっけあんた」

「芹さん」

夫の態度に奥様が眉を寄せる。それでも社長は頓着せず、「そうそう」とこちらを指さしてくる。

「東京の直営店のほう、えらい話題になってはるみたいやなぁ」

「ええ、お騒がせしております」

芹もまた、負けじと笑顔で応酬した。話題といっても世間から取り沙汰されているのではなく、西陣界隈で噂の的になっているぞと言いたいのだ。

さっそく厭味かと身構えたが、奥様に肘で小突かれ「なんやねん」と不満を訴える社長には自覚がなさそうだった。もしかすると厭味や当てこすりという意識はなく、思ったままを口にしてしまう人なのかもしれない。

「板倉さんとこがうまくいったらうちもやってみよ思てたんやけど、やっぱり東京は難しいか」

恥ずかしげもなく二匹目のどじょうを狙う気満々で、だからこそよけいに「KURA」には注目しているのだろう。おそらく他の織屋だって、似たようなものだ。

「そうですね。難しいから、よしたほうがいいと思います」

「そかそか。相変わらず可愛げないなぁ、あんた」

ぴりぴりと尖ってゆく空気に、山根がどうしたものかとそわそわしている。どちらかといえば芹が社長に嚙みつくのを警戒しているらしく、小声で「どうどう」と宥められた。

わたしゃ狂犬か。

覚えておけよと恨みを抱きかけたとき、下村の奥様が手にしたトレイで社長の肩を力いっぱいぶったので、驚いてそれどころではなくなった。

「痛っ！」という抗議の声をかき消す勢いで、奥様が「もう！」と叫ぶ。

「そんなこと言うために、来てもろたんやないやろ！」

社長はもはや言い返せずに、黙って痛む肩を撫でている。この夫婦の力関係は、こういうことらしい。

「ほら、本題は？」

奥様に促され、せめてもの抵抗でお茶を飲んで時間を稼ぐ。だがそれほど間が持つはずもなく、社長は斜め前に座る山根に目を向けた。

「なんや最近山根さん、職人同士で会社作ろうって周りに呼びかけたはるんやて？」

やっぱり耳に入っていたか。まったくもってこの町は、情報伝達が速すぎる。

「そんでその、まだ場所を探しとるそうやんか」

「ええ、それがなかなか難しぃて」

「うちの内工場、使たらええんちゃうか」

「は？」

　山根だけでなく、芹もぽかんと口を開けた。

法人化すると聞いて、それなら賃料が取れると踏んだのか。相変わらず金はないが、あの内工場は魅力的だ。山根がおずおずと問いかける。

「それはあの、おいくらで？」

「べつに、いらん」

　奥様の顔色を横目で窺い、下村社長は不貞腐れたようにそう言った。

「会社が軌道に乗るまではな。儲けが出るようになったら、また相談さしてくれたらええ」

　あまりにも旨い話だ。にわかに信じられなくて、芹は山根と互いに顔を見合わせた。いったいなにを企んでいるのだろう。後から高い賃料をふっかけられるかもしれないという不安もある。本当はすぐにでも飛びつきたいが、社長の真意が分からないうちは危険だった。

　どう答えたものか。考えを巡らせていると、奥様が「ふふっ」と含み笑いを洩らした。

「笑うわ。うちの人、信用ないんやねぇ」

「いえ、そういうわけでは」

「ええの、ええの。ほんま目先のことしか考えへん人やから。せやけど私らの代でなんとかせんと、西陣織は廃れる一方やわ。自分とこで内工場持つほどの余裕はもうあらへんし、職人さんらがやってくれはるゆうんなら、せめて場所なり提供したらええんちゃうかと思って」

それで下村社長を説得してくれたというのか。その背後に感じ取れるのは、充の母親の根回しだった。西陣織のための町のため、ひいては家業のためにできること。女たちがじわじわと、立ち上がりかけている。

「どやろ私、ちょっとはお役に立てたかな?」

山根はまだ状況が飲み込めず、奥様と芹の顔を見比べている。代わりに芹が「はい、ありがとうございます!」と頭を下げた。


高い建物がないせいか、近ごろ気づけば空を見ている。筆でさっと刷いたような雲に、澄んだ青。ああ、秋だなぁと目を細める。

西陣に来たばかりのころの空は、春らしく霞んでいた。

思えば遠くへ来たもんだ。小声で歌を口ずさみながら、シャーシャーと音を立てて自転車を漕ぐ。船越デパートの希望退職者募集に手を挙げたのが、ちょうど去年の今ごろだ。遥か昔に感じるのは、この一年が目まぐるしすぎたせいだろう。

ハンドルから片手を離して、腹を撫でる。本当に、予定外のことばかり起こる。

「ちょっと。人んちの前で、発電でもしたはんの?」

背後から声をかけられ、振り返る。買い物袋を提げた充の母親が、チュニック姿で立っていた。化粧っ気のない顔に、不審の色が滲んでいる。

「あ、おかえりなさい」

芹は慌てて自転車を下りた。スタンドを立てたママチャリを、一心不乱に漕いでいたのだ。自転車の泥除けには『板倉』とマジックで書かれ、所有権が主張されている。

「こんな所で待たんでも、電話なりメールなりしてくれたらええのに」

「いえ、少し待って戻られなければ、出直そうと思っていたので」

「それ、中に入れてくれる? パンクしとってん」

だから徒歩で買い物に出たのだろう。玄関の引き戸の鍵を開け、充の母親が促してくる。芹は言われるままに、自転車を通り庭に運び込んだ。

下村の奥様から連絡でも入ったのか、充の母親は「なんの用?」とは聞いてこない。

「あの、ありがとうございました」

「なにが?」

来意はもう分かっているはずなのに、買ってきた食材を冷蔵庫に詰めながら、白を切る。各種練り物が揃っているところを見ると、今夜はおでんだ。温かいものが美味しくなってくる季節である。

「なにかお手伝いしましょうか」

「まだええし。ミセの間で待っててくれはる？」

そっけなく手で追い払われた。

バリアフリーとは程遠い段差を越えて、室内に入る。ひと月前とはがらりと趣が変わっていて、芹は立ったまま周りを見回した。

細長い京の町家は部屋の仕切りの襖を開けておけば、ずっと奥まで見通せる。以前は夏仕様だったのだろう、襖の代わりに簾（すだれ）が掛けられ、縁側に面した障子戸も葦簀（よしず）を張った葦戸だった。それが元通り、襖と雪見障子に変わっている。

「今年は涼しなんの早いから、こないだ建具替えしましてん」

充の母親が「よっこいしょ」と段差を乗り越えてくる。茶菓の載ったお盆を丸い卓袱（ちゃぶ）台（だい）に置き、軽く足を崩して座った。

「建具替え？」

「そ、襖やら障子やら、夏と冬で入れ替えるのん。昔はどっこもやってたことや」

模様替えという概念なら芹にもあるが、建具替えというのは知らなかった。そもそも和室にはあまり馴染みがない。

　建具が取り替えられるようになっているのは、夏の湿度が高い日本ならではの工夫なのだろう。壁とドアで仕切られた洋室とは違い、空間の捉えかたが自由である。

「いつまで突っ立ってはるのん。座らはったら？」

「あ、はい。なんだか感動してしまって」

「マンションに住んでると、部屋閉めきってクーラーつけてしまうもんな。私もこの家に嫁ぐまではこんな習慣なかったけども、気づけばお姑さんと同じようにやってますわ。刷り込みって怖いな」

　板倉家の色にちっとも染まろうとしない芹への皮肉を交え、充の母親が茶菓を勧めてくる。お茶請けには菊の花を模った、鍵善良房（かぎぜんよしふさ）の落雁（らくがん）が添えられている。

「お好きだからでしょう」

　清水焼の湯呑を手に取り、ひと口含む。丁寧に湯冷ましをして淹れられた煎茶だ。せっかちな芹はいつも待ちきれず熱湯で淹れてしまうので、湯呑は持てぬほど熱いし、茶は渋い。

「昔ながらの丁寧な暮らしがお好きだから、ここを守ってらっしゃるんでしょう？」

　暮らしの簡便さで言えば、掃除もメンテナンスも大変そうな町家より、手持ちのマンションに移り住んだほうが楽に決まっている。だがそれをしないのは、白い壁に囲まれた味気なさより、季節と共に過ごすこの生活が性に合っているからだろう。

「次の建具替えのときにはお手伝いしますよ」

「そんなん、来年の話やないの。その前に年末の歳徳さん飾るん手伝いに来はったら？」

「歳徳さん？」

「歳神さんを迎えるための、恵方棚ゆう神棚があるのん。毎年恵方に向けて天井から吊るすようになっとって、高いとこに手ェ伸ばさなあかんから、歳取ってくるとちょっとしんどいんやわ」

町家の四季は建具替えばかりじゃないぞとでも言いたげに、顎を反らす。彼女の矜持に触れた気がして、芹は「伺いますよ」と微笑んだ。

「言われてみれば、けっきょく好き好んでやってるんやろな。なんやかんやゆうて、実家におったころよりも西陣に来てからのほうがとっくに長うなってるし」

芹は相槌を打ちながら、前歯でそっと落雁を齧る。淡雪のようにするりと溶けて、切ない甘さが舌に残った。

「下村社長の件、ありがとうございます」

「ああ、うん。あそこの奥さん美大出でね。元々芸術家やら職人やらがお好きなん」

充の母親は気だるげに、明後日の方向を見て頬杖をつく。

「もしかして応接室の肖像画、奥様が描かれたんですか?」

「油絵やろ、たぶんそう」

「なるほど」

お見事、と内心舌を巻く。奥様の職人びいきと、あの夫婦の力関係を把握していなければ、思いつかない戦略だ。おかげで下村織物の町工場を、向こう二年は無料で借りられることになった。後のことは、更新時に相談である。

充の母親のネットワークは、やはり使える。織元からの出資を募る際にも、奥様たちの協力は必要になってくるだろう。

「あの、どうでしょう。先日私が言ったこと、検討していただけました?」

逸(はや)る心を抑えきれず、芹はずいと膝を進める。充の母親は露骨に迷惑そうな顔をした。

「嫌やわ、あんた。この話になると暑苦しいんやもん」

「すみません」

「もちろん検討したから、下村の奥さんに話してみたんやないの」

「じゃあ、やってくださるんですね!」

「だから顔近づけんといて、鬱陶しい」

ひどい言われようだが、ねちねちと厭味っぽかったころよりずっといい。少なくとも、芹に本性を見せてはいる。これならまともに話ができる。

「下村さんの他にも三、四人に話してみたんやけども、みんな子育てが落ち着いて暇なんやろな。面白そうとはゆうてくれはる。ただ、具体的になにをすればええのか分からへんの」

「そうですか。じゃあまず会の目的を考えましょう。西陣織のプロモーションと町おこし、この範囲のことならなにをやってもいいというのでどうでしょう」

「いや、そもそも『会』ゆうのがなんやの。たんなる趣味のサークル？　それとも非営利団体みたいなもん？」

なかなか勘のいい質問だ。まず自分たちの立場が明確でなければ、するべきことも見えてこない。

「発信力を考えれば、NPOや一般社団法人が望ましいとは思いますが、そこは皆さんで話し合っていただいて——」

「せやけど一介の主婦がそんな耳慣れん言葉を聞いたら、なんや大変そうって尻込みしはると思うんやわ」

一介の主婦にかぎらず、NPOや社団法人の設立に伴う諸手続きは煩雑で、会計処理を行うためプロの手が必要になってくる。看板がご大層だと、気軽に参加できないという気持ちは分かる。

「そうですね、できるだけハードルは低くしたいです」

「たとえばやけど、町内会みたいな任意団体はどやろ。それならみなさん、馴染みがあると思うし」

任意団体なら、公的機関へ届け出る必要はなく、自由度も高い。今後の活動のために規約や名簿を作っておく必要はあるが、これという形式もなく、ネット上のテンプレートを活用すれば簡単だ。

広報活動の一環として任意団体を設置している企業もあるくらいで、情報発信力という点では充分である。法人格にはこだわらず、会の活動が活発になってから取得するかどうかを考えても遅くはない。

「いいですね、それでいきましょう」

「そんなあっさりと。もっとちゃんと考えてくれへん？」

「考えましたよ。現状では任意団体とするのが最も現実的だと思います」

「早いわ、判断が」

充の母親が、憂鬱そうに溜め息をつく。芹におだてられて重い腰を上げかけてはいるが、具体的なビジョンが見えず不安のほうが大きいのだろう。新しいことを始めるのは、誰だって怖い。

「団体活動については私もまだ勉強中なので、一緒に学んでいきましょう。会長はお母さんということでいいですね？」

「えっ、私がやらなあかんの」

「奥様たちの間でどうしても顔を立てなきゃいけない人がいるなら、その方にお願いしたほうがいいですが、副会長にはなっていただきます」

「強引やね」

面倒なことになってきたと言いたげに、顔をしかめる。その口から「やっぱりやめるわ」という言葉が飛び出すのではないかと危惧したが、充の母親は緩くまとめた髪に指を突っ込んで掻き回してから、「あのな」と話しだした。

「私ら主婦は芹さんみたいに、理想に燃えてるわけやないの。西陣のためと言われても、なにができるんかピンと来ぉへん。せやけど次期社長になる息子らに苦労をかけんようにはしたい。私らの世代が西陣織をあかんようにしてしもたんなら、少しでもようしてから引き渡してあげたい。それだけやの」

「それは、充分な動機だと思います」

未来を引き継ぐ子供たちのために。この会の中心となる奥様たちにとってはむしろ、その動機はより強い結びつきになるだろう。これまで会社の経営に無関心だったとしても、子供を持ち出されては他人事ではいられない。

芹だってけっきょくは、充との結婚生活が念頭にあるからこそ、東奔西走しているのだ。それに来年の初夏には、家族が三人になっているかもしれない。守るべきものがあるほうが、女は強い。

「まだなにか、迷うことはありますか?」

いよいよ覚悟を促す時期だ。芹は充の母親を真っ直ぐに見つめる。

母親は、その視線から逃れるように畳に目を落とした。

「どれくらいの人が、賛同してくれはるか分からんし」

「はじめは四、五人でも構いません。ただ監査役は有識者にお願いしましょう。たとえば西陣の文化や産業について、著書のある大学教授とか」

「ああ、それやったら充に聞けば。詳しぃ知らんけど大学のときのゼミで、西陣をテーマに論文書いとったと思う」

「分かりました、ではそれは充さんから打診してもらいます。あとは賛助会員を増やすために、発足イベントを打ってメディアに取材してもらいましょう」

「そんな派手にやらはるのん?」

「なにか問題でも?」

「だって、ご近所さんに白い目で見られるし――」

彼女の最大の懸念は、おそらくそれだ。相互監視システムの機能しているこの地域では、標準からはみ出すことがとてつもなく恐ろしい。だが誰が決めたかも分からない枠の中に、囚われてやる謂れなどない。

「お母さんは、もうとっくに白い目で見られてますよ。私のせいでね」

「ああ」と母親が頭を抱える。その様子からすると、芹が思っている以上に心ない噂が流されているようだ。長らく波風を立てずに生きてきたであろうに、少しばかり申し訳ない気持ちになった。

「あ、すみません電話」

「ええよ、出て」

傍らに置いたバッグの中でスマホが鳴っている。充の母親はぐったりしたように手を振った。

「KURA」の店長、後藤さんからの着信だ。「はい、もしもし」と電話を受けた芹は、すぐさま「えっ、本当に！」と声を弾ませた。

充の母親がなにごとかと白い目を向けてくる。喜びを抑えきれず、スマホを片手に報告した。

「今さっき、三十万の帯が売れたそうです！」

後藤さんを労い、喜びを分かち合い、簡単な指示を与えてから通話を切る。とたんに肩の力が抜け、「ああ、よかったぁ」と、母親の前なのも忘れてその場に突っ伏した。

「ホントもう、一本も売れなかったらどうしようかと思った。ああ、怖かった」

安堵からくる弱音が、息を吐くごとにこぼれ落ちる。

「芹さんみたいな人でも、そんな不安にならはるん？」

「そりゃそうですよ！」

意外そうな呟きに、芹は勢いよく身を起こす。少しばかり目が潤んでいるのか、母親の顔がにじんで見える。

「ふふ、鬼の目にも涙やね」

不明瞭な視界の中で、その顔がゆっくりと、微笑みの形を取ったようだった。

ばりぼりと、塩せんべいを齧る音が耳に障る。香ばしいはずの匂いが鼻につき、芹はうっと息を詰めた。

八

十月二十日、妊娠十一週目。つわりのピークとはいえ、噂に聞く「水さえ受けつけない」とか「起き上がれない」とかいうことはなく、おそらく程度は軽いほうなのだろう。だが匂いには恐ろしく敏感で、少し疲れているせいか、目立たぬよう部屋の隅に控えていても胸がムカムカしてしまう。

近ごろ持ち歩くようにしているミントキャンディーを口に放り込み、鼻に抜ける香りで不快感をごまかした。普段は匂い対策のためマスクをつけているのだが、ここでは風邪かと聞かれそうで、それもできない。

笹屋町通の、充の実家。ミセの間には長机が出され、せんべいの空き袋と書類が散乱している。女たちが軽く足を崩して座り、ああでもないこうでもないと、議論を進めている最中だった。

「ええっと、ここを本部にするんやったら、お茶とか用意しとかいでええの？」

「ああ、それはべつにかまわへん。マップの配布と写真のチェック。あとはまぁ、町家で写真撮りたい人もいやはるやろからご自由に、ゆう感じかな」

「下村さんの作ってくれたマップ、ほんま分かりよいし綺麗やわ」

「何部用意したらええやろ」

「それがなぁ、ちょっと読まれへん」

充の母親が中心となって立ち上げた任意団体、「西陣おりおりの会」発足イベントの打ち合わせである。下村織物をはじめとした織屋の奥様五人が手を挙げ、監査役には充の恩師である公共経済学の教授に就いてもらった。規約を定め銀行口座を開設し、それらと並行してこの一ヵ月、イベントの準備を進めてきたのだ。

町歩き、西陣織の工程見学、着物勉強会、着物コンテスト。奥様たちからいくつかのアイデアが出されたが、はじめは盛り上がりを作るため、既存のイベントに乗じることにした。

題して「ハロウィンだよ、西陣フォトラリー」。西陣織の工房が立ち並ぶ石畳の浄福寺通、古い町並みが残る千両ヶ辻、晴明神社、紋屋町の十軒長屋など、フォトジェニックな場所をこちらでいくつかピックアップし、そこで写真を撮ってきてもらうのである。

参加資格は、ハロウィンを意識した着物姿であること。ハードルが高いんじゃないかという意見も出たが、今回は賛助会員の募集も兼ねており、着物を着られる層を西陣に呼び込みたい。プロモーションさえ間違えなければ、人が来ないという事態にはならないはずだった。

フォトラリーマップの部数を決めかねて、奥様たちが示し合わせたようにこちらに目を遣る。充の母親が発起人で会長も務めているとはいえ、芹が要所要所でアドバイスをしていることは皆もう分かっている。それでも奥様たちの自由裁量に任せたくて、なるたけ前面には出ないようにしていた。

「今のところエントリーは十八組四十二名ですよね。前日までにどのくらい伸びるか分かりませんが、印刷屋さんはまだ大丈夫ですから、もうしばらく待ちましょう」

今年は二十九日が日曜日。その日がイベントの開催日で、エントリーは前日に締め切られる。告知は地元新聞、西陣織物業組合(西織)のホームページ、茶道華道の教室や呉服店、それからSNSを最大限に活用して撒いていた。

「大丈夫ってどのくらい?」

「たしか二日前の入稿で間に合うはずや」

「そら便利やわぁ」

芹の意見を受けて、奥様たちはまた元の話し合いへと戻ってゆく。特に意識して距離を取ろうとしなくても、芹はまだよそ者で、あちらから遠巻きに接してくれる。町内の一部では「あの女は黒船か」と囁かれているようで、どことなく近寄りがたいのだろう。

この会での芹のスタンスは、それでいい。そのうち完全に手を離してしまっても、奥様たちだけで運営が回るようになるはずだ。なにしろ皆、能力が高い。

たとえば「西陣おりおりの会」のホームページは社長が西織の理事長である清善の、若奥様が作成してくれた。子供が生まれて現場から遠ざかってはいるものの、彼女は元プログラマー。イラストマップは美大出身の下村の奥様の作で、どちらも外注すればそれなりの額になったはずだ。

他にも経理に明るかったり、長年接客に携わっていたり、調理師免許を持っていたり、かつてはその道のプロだった人たちがいる。子育ての落ち着いた専業主婦というのは、人材の鉱脈なんじゃなかろうか。それを活用できていないのは社会の落ち度だ。せっかくだから、存分に腕を振るってもらおうじゃないか。

その後は芹が口を挟む余地もなく打ち合わせは進み、当日の受け持ちが決まったところで、雑談タイムに入った。二十九日は奥様たちもハロウィンコーディネートで持ち場に立つので、なにを着ようかと悩んでいる。

三十代前半から五十代半ばまで、年齢はまちまちだが、こういう話題になるとまるで女子学生のようだ。浮かれた様子が微笑ましい。

気を抜くと瞼が重くなってきて、芹は軽く頭を振った。体が普通でないせいか、妙なタイミングで眠くなる。自宅でパソコンに向かっているといつの間にかうとうとしていたりして、きっと無理をしすぎないように、妊婦の体はコントロールされているのだろう。

「あんた、顔色悪いけど大丈夫か。昨日まで東京やったんやろ?」

奥様たちの輪から離れ、充の母親がにじり寄ってくる。こんなふうに気にかけてもらえるなんて、少し前ならあり得なかったことだ。「西陣おりおりの会」が動きだしてから、「芹さんのせいで忙しいなってかなわん」と愚痴りつつも表情が柔らかくなった。全体の雰囲気も急に若やぎ、どうやら充実した日々らしい。

「平気です。ちょっと眠いだけですから」

「そう? ちゃんと寝なあきませんえ」

母親の態度が軟化している今なら、妊娠を告げてもいいんじゃないかとは思う。戸惑いつつも、どうにか受け入れてくれるだろう。

だが安定期まで、まだあと一ヵ月。油断はできないという気持ちのほうが強く、芹は「ありがとうございます」とあたり障りのない笑みを浮かべた。

「そんで芹さんは、二十九日の着るもんどうしはるん?」

話題が体調から着物に移り、内心ホッと息をつく。妊娠初期に帯でお腹を締めても大丈夫なのかと不安だったが、調べてみると胎児に影響はないようだ。ただつわりがある人は無理をしないようにとのことで、あと九日もあればそれもましになっているだろう。

「友人にもらったリサイクルの着物がハロウィンカラーなので、それを着ようかと」

親友のエリカに餞別としてもらったままの、矢絣の着物に袖を通すつもりでいた。大柄の矢羽根模様の配色は、紫とオレンジがかった黄色である。

「でも合う帯がなくて、どうしようかと」

芹の手持ちの帯は今のところ、春に枝垂れ桜の訪問着とセットで買った流水に桜の袋帯一本だ。季節感も着物の格もずれている。

「ふぅん、そう」

そう言って充の母親は、お茶を淹れ直している奥様たちに視線を遣る。あちらはあちらで話が弾んでいると見て、「ちょっとおいで」と立ち上がった。

充の母親の部屋は、趣味のパッチワークキルトのおかげで相変わらず色彩豊かだった。それでも案外目に煩くはなく、和室に合った配色が考えられているのだと分かる。得意の幾何学模様は和服にもよく用いられ、和のモチーフとの相性は決して悪くないのだろう。

「どんな着物?」

年代物の桐箪笥の前に膝をつき、母親が尋ねてくる。色柄を答えると、「ほな、こんなところかな」と言って帯を三本取り出した。

「好きなん選ばはったらええわ」

黒地に銀糸の蜘蛛の巣柄が光る半幅帯、グレーがかった市松模様の洒落袋帯、蔦模様の名古屋帯。畳の上に投げ出されたそれらを前に、芹は喜びよりもまず戸惑いを覚えた。

「え、いいんですか?」

身に着けるものを人に貸すなんて、めったなことではしたくないはず。どういう風の吹き回しだろうか。

「ええっと、帯揚げと帯締めは——」

充の母親は芹の当惑を相手にせず、別の抽斗をまさぐっている。気味が悪いほど気前がいい。かと思えばふいに手を止め、「そういえば芹さん、身丈はおいくつ?」と聞いてくる。

「一六八センチです」

「そう、おっきいんやねぇ。なに食べはったらそうなるんやろ」

うん、やっぱりいつもの母親だ。なんの気の迷いだか知らないが、帯を貸してくれるというのだから、素直に甘えることにした。

「じゃあ、半幅帯にします。蜘蛛の巣柄がハロウィンっぽいし」

半幅帯は袋帯や名古屋帯の半分の幅で仕立てられているため、軽くて楽だ。体への負担も少なかろう。

「うん、ええんやない？　帯揚げ帯締めは、派手めがええかな」

「そうですね、パンプキンカラーがもしあれば」

「いや、いっそこのラメ入りはどやろ」

「へぇ、こういう帯締めもあるんですね。可愛い」

「そんで帯揚げには緑を持ってきて――」

「いい、すごくいい。さすがです」

こうして着物のコーディネートを選んでいると、気持ちが浮き立って、まるで仲がいいかのように錯覚しかける。ファッションの力というのは偉大だ。下村さんに階下から呼びかけられるまで、二人は色合わせに熱中していた。

「それって、結婚の承認までもはや秒読みってことやない？」

散らばった紋意匠図を拾い集めながら、山根が言う。仕事で使う道具や脱いだＴシャツ、書籍などで足の踏み場もない。彼の工房のミセの間である。

山根とニコラ二人の男所帯。気を抜くと室内は、食事ができるだけのスペースを残して乱雑になってしまう。

「ええっ、そうかなぁ。だといいんだけどさ」

「うんうん、芹さんよう頑張らはったもんなぁ」

そう言ってもらえると、嬉しくて涙が出そうだ。

西陣に越して、はや半年。アドバイザーとして関わっている板倉織物の直営店「KURA」は順調に売り上げを伸ばし、山根は賛同者四人を集め出機職人集団「織人（おりびと）」の立ち上げに奔走中だ。ニコラは人気アニメ「柄バト！」の第三期に向け、コンビニ展開する予定のグッズ制作を依頼されたというし、今のところ、すべてがいい方向に動いている。

「そうだねぇ。あとは『おりおりの会』が成功してくれるといいんだけど」

次の段階は、西陣を活気づかせることだ。発足イベント当日は、地元新聞の取材も入る。

なによりフォトラリーのいいところは、こちらからお願いするまでもなく、写真をSNSやブログに上げてくれる点である。自信のあるコーディネート、いいロケーション、イベントの高揚感、三拍子揃った写真を人に見せたくならないわけがない。京都御所に近くて雰囲気のある町でありながら、いまいち観光地化されない西陣に、注目を集めたいのである。

幸い京都だけでなく北陸や関東からも参加のエントリーがあり、これはいけるのではないかと踏んでいた。

「ミツルも考え直シタほうがイイと思うんデスケドねぇ。こんなガサツな人と結婚するナンテ」

「こら、ニコラ。芹さんわざわざ片づけ手伝いに来てくれとんのに」

フォトラリーではこの工房のミセの間も、休憩所として開放することになっている。希望者は製織作業を見学でき、オリジナル商品の販売もするつもりだ。

そのためにはまず散らかっている部屋の掃除から。ちょうど一週間前にあたる今日、工房の定休日でもあるし、やってしまおうという話になったのである。

「マップにばっちり『イケメンフランス人職人のいる工房』って紹介されてたよ。頑張ってね、ニコラ」

「エ、ワタシその日休んデモいいデスカ?」

「やめてくれ。イケメンフランス人を期待して来た人らの前に、俺一人で立ちたない」

それはたしかに気の毒だ。ハタキを手に、芹はあははと声を上げる。

「ほら、いいから早く手を動かして。紋意匠図とかフロッピーとか、私勝手に触れないじゃん」

この町ではなんとまだ、三・五インチのフロッピーディスクが現役だ。紋意匠図のデータをやり取りする記録媒体として使われている。力織機に搭載されているダイレクトジャカードの多くが、フロッピーディスク対応のままだからである。

フロッピーディスク自体はすでに生産が終了しており、今後は入手が困難になると思われるのに、高齢の職人になると「案外近代化してますのやで」と誇らしげにしているから温度差がすごい。力織機自体もほとんど製造されておらず、耐用年数がとっくに過ぎたものを騙し騙し使っている。今後はそのあたりの改革も進めてゆかなければならない。

やるべきことは山ほどある。たとえ結婚が認められても子供が生まれても、落ち着くことはなさそうだ。そういう性分なのだから、しょうがない。

「そうイエバ頼まれてたリスト、パソコンのメールに送っときマシタヨ」

「ああ、ありがと。助かる」

「なんや、またなんかやるつもり？」

「うん、ちょっとね」

慎重に踏台(ふみだい)に上り、電灯の笠に積もった埃(ほこり)を落としてゆく。ふと気づけば左手は、小さな命を庇うように下腹部に添えられている。己の無意識の行動に、じわりと笑みが込み上げてきた。一人でがむしゃらに頑張っていたころとはもう違う。守るべきものがあると思うと、まだまだ力が湧いてくる。

「せやけどほんま、早よ認めてもらえたらええな」

「うん。実は明後日慰労会って名目で、四人でご飯に行くことになってってね」

「お、ええ傾向やん」

充の父母と差し向かいで食事をするのは、芹が大失態を犯した四月以来のことである。

しかもあちらからのお誘いで、これは脈があるんじゃないかと期待はしていた。

「フィンガーボールの水ヲ飲むミタイナ、ヒドイ失敗すればイイノニ」

「ちょっと、ニコラ!」

「ベツニそこマデ『結婚』にこだわらナクてもイイと思いマスケドネ」

「あのね、ここは日本なの。コンクビナージュのあるフランスじゃないの」

内縁関係が社会的に認められている国の人には分かるまい。フランスには内縁以上結婚未満のパックスという制度まであり、結婚してこそ一人前という旧時代の価値観はすでにない。

「ハッ、バカバカしい」とニコラが吐き捨てる。口が悪いのはいつものことだが、妙にやさぐれた様子である。

「なによ、結婚にトラウマでもあるの?」

「マサカ。そんな歳デモないデスシ」

それ以上は触れてくれるなとばかりに、ニコラは色糸の見本を持って奥の工房へと消えて行った。

慰労会のために充の母親が予約してくれた店は、今出川通に面した小料理屋だった。白木のカウンターに小上がりのテーブル席が二つあるだけの店内は満席で、そのくせ観光客らしき姿はない。

以前芹が指定した豆腐料理店を、「観光客相手の店」と腐した母親である。地元民が贔屓する料理屋とはこういうものだと、知らしめてやろうというのだろう。

「はぁ、美味し。やっぱり鰹は初鰹より戻り鰹やわぁ」

赤身のお造りに舌鼓を打つ母親は、さらりとした大島紬に銀杏柄の洒落帯を合わせている。鰹は小皿の醤油に浸すとサッと脂が散り、しかもその脂が甘かった。

「ええ、美味しいです」と、芹もまた目を細める。

「たんまり食べてや。今日は芹さんを労う会や」

東京の直営店「KURA」は開店後二ヵ月で単月黒字を達成し、テレビドラマの衣装協力の話までできているので、充の父親は上機嫌だ。日次決算シートを前に渋い顔をしていた先月とは、まるで別人のようである。

「そんでその、ハロウィンのほうはどうなっとんの？」

板倉織物は「西陣おりおりの会」の、協賛企業に名を連ねている。織屋の奥様たちを引き込んだのは、この協賛を取りやすくするためもあった。協賛金は微々たるものだが、イベントの成否は気になるのだろう。

芹の代わりに、充の母親が答える。

「今日の時点で、二十七組六十三名さんから申し込みもろてるわ」

「ほうか。百人くらい来てくれはったらええねやけどな」

フォトラリーイベントまで、あと五日。その話になると緊張が走るようで、「ちょっと、食べてるときくらいやめて」と母親が眉をしかめる。

「なにより、雨やないとええな」

「せやし、やめてて」

最も懸念される天候の話を振られ、ついに箸を置いてしまった。芹は慌ててフォローに回る。

「週間天気予報では時々雨になってますけど、きっとまだ変わりますよ」

「せやな。てるてる坊主作ろか」

充の父親は晴れやかな笑顔を浮かべており、母親はぶすっとしてはいるが、壁を感じるわけではない。それが嬉しいのか充は口を挟まずに、隣でにこにことやり取りを見守っている。

ねぇ、どうしよう。あのこと、言っちゃう?

そんな充に目で合図を送った。言葉にはしなくても、察するものがあったのだろう。充が頷き返してくる。

芹は心持ち、身を乗り出した。

「あの、ご相談があるんですけど」

「なんや、あらたまって」

父親がビールで喉を潤し、聞く態勢に入る。一拍置いてから、芹は思い切って切り出した。

「板倉織物のテキスタイルを、フランスの展示会に出しませんか?」

「え、そっち?」

素っ頓狂な声を上げたのは充だ。なんの話題と勘違いしたのか。妊娠のことは安定期に入るまで口にしないと、あれほど念を押したというのに。

なにを先走ってんのよ。

テーブルの下で目立たぬよう、芹は充の膝を叩いた。

「ニコラに頼んで、テキスタイルを主とした工芸展をリストアップしてもらったんです。西陣織は、必ずヨーロッパで受けますから」

これは日本人の悪いところだが、自国の伝統文化であれ、海外で評価されてはじめて目を向けようとする。それなら国内で西陣織の素晴らしさを訴えるより、海外に出てしまったほうが手っ取り早い。

「出品サンプルは帯では訴求効果が弱いので、たとえばランプシェードとかクッションカバーとか。力織機の問題で、大きいものは無理ですが」

充にはすでに了解を取ってあり、手続きについてはフランス語ネイティブのニコラの協力が得られそうだ。うまくいけば、ハイブランドとのコラボも夢じゃない。

「おフランスかぁ」

「なんで芹さんは、そう次から次へと落ち着きがないんやろ」

充の父親と母親の反応は、予想どおり芳しくない。ドメスティックな二人である。戸惑うだけの時間は必要だろう。だがゆくゆくは織り幅の広い力織機を作り、海外向けに帯以外の商品を開発してゆきたい。「織人」の作業場となる下村織物の内工場になら、新しい力織機を置くスペースもあるのだ。

「お、きたきた。松茸と鱧(はも)の土瓶蒸し。これが食べたかったんや」

女将さんが運んできた料理に、父親が歓声を上げる。工芸展の件についてはいいとも悪いとも言わず、つまりは察しろということらしい。それで引き下がる芹でないことを、充分に思い知らされているはずなのに。

まぁいい、今日のところは軽いジャブを打っておくだけで。充とは、海外進出は三年計画で進めていこうとすでに合意ができている。

「ふわぁ、ええ匂いやなぁ。こりゃビールやのうて酒やろ」

土瓶の蓋を取り、充の父親が香りを吸い込む。添えられたすだちが清々しく、芹にとってもいい香りだった。

妊娠十二週目に入ったとたん、つわりが軽くなっている。会食の誘いを受けたころは、粗相をして妊娠がばれてしまわないかと心配したが、このぶんなら最後まで美味しく食べられそうだ。

「芹さんも酒にせぇへんか。それ、なに飲んだはんの？」

「あ、これはウーロン茶で」

「なんでや、あんたいけるクチやのに。すんまへん、熱燗でお猪口二つ」

父親が手元のビールグラスを空け、女将さんを振り仰ぐ。どうやら芹も頭数に入っている。

「あかんて、お父さん。芹さん飲まれへんから」

「なんや、体調悪いのんか？」

そんな言いかたでは勘繰られる。芹はテーブルの下で充の膝を軽くつねった。

「芹さん、あんたもしかして――」

充の母親が注意深く顔色を窺ってくる。

ほら、こういうことになるじゃない。

苛立ちが顔に出たのか、母親が真剣な表情になった。

「できはったん?」

相手は子供を一人産み育てた女である。それは質問というよりも、確信に近かった。

これではもう、言い逃れはできない。芹は覚悟を決めることにした。

「すみません、安定期に入ったらお知らせするつもりで」

「何週目やの」

「十二週です」

「もうそんな?」

そう言ったきり、母親は絶句した。少なくとも一、二ヵ月前には分かっていたはずだと、己の経験から察したのだろう。

「え、なんや。子供か?」

充の父親がようやく話の流れに追いついた。真っ青な顔で黙りこくっている妻と、気まずそうな芹を見比べて、手放しに喜んでいいものかどうか迷っている。

「あのな、お母さん。芹さんはもしものときのことを考えて――」

「ええ、せやろねぇ」

どれほど粘っこい厭味が飛んでくるのか。思わず身構えた芹だったが、母親は意外にも、にっこりと笑って見せた。

「水臭いなぁとは思うけど、私かて女やし。心配なんは分かりますえ。なんせ芹さん、高齢出産にならはるんやし」

笑ってはいても、厭味を差し挟むことは忘れない。「なぁ」と同意を求められ、父親も「お、おう。せやな」とぎこちなく頷き返した。

「黙っていて、すみません」

芹は肩を縮め、もう一度詫びる。「嫌やわぁ」と、おいでおいでをするように母親は手を振った。

「なにを謝ることがあるのん。おめでたいことやないの」

その言葉に裏はないのだろうか。つい探るような目を向けてしまう。

「順番が逆になってしもたんはアレやけども、あんたらの結婚のことはもう、反対せんとこてお父さんと言うてたんよ。な?」

「ん、ああ。まぁな。芹さんはもう、うちのチームの一員やし」

「いやぁ、せやけど私ももう、おばあちゃんかぁ」

「『もう』て、そない若ないやろ」

「ま、イケズゆうて!」

母親が、父親の肩を平手でぶつ。けっこうな音がしたが、機嫌はいいようだ。芹はようやく、詰めていた息をほっと吐いた。

充の膝に置いたままだった手に、あたたかな手のひらが重ねられる。ぎゅっと握り込まれ、鼻の奥が軽く痛んだ。目頭が熱を持っているのが分かる。

やっと認められた。認めてもらえた。

充と目を合わせると泣きだしてしまいそうで、芹は「ありがとうございます」と頭を下げた。

「よし、ほな祝杯やな!」

「せやからあんた、芹さん飲まれへんゆうてるやないの」

「ああ、そうか。ほんなら充、お前飲め」

「はいはい、いただくわ」

まさかこの人たちとこんなふうに、和やかに過ごせる日がくるなんて。京都に越してきたばかりのころには、思いもよらぬことだった。

「芹さんは、ウーロン茶お代わりか?」

「アカンアカン、オレンジジュースにしよし、葉酸入ってるから」

父親は声を上ずらせ、母親は少しはしゃいでいる。孫ができると知って、舞い上がっているようだ。

土瓶蒸しに甘いオレンジジュースは、ちっとも合わない。しかも女将さんが持ってきたのは昔ながらの瓶入りで、果汁の少ない代物だ。

それでも芹は喜びに噎せそうになりながら、薄黄色のジュースをコップに注いで飲み干した。

イベント開催日まで、あと二日。外は細かな雨が降り、京の町並みを音もなく濡らしている。町家の甍が水を吸ってつるりと光り、晴れた日よりいっそう艶めいて見えた。天気予報が前倒しになって、今のうちに降っておいてくれるといいんだけども。そう思いながらスマホ片手に歩いていた芹は、突如として現れた築地塀の前で足を止めた。二条城にほど近い、裏通り。観光客はここまで流れては来ず、静かなものである。スマホの地図を頼りに歩いてきたのだが、由緒ありげな築地塀を見上げて芹はぽかんと口を開けた。

「芹さんに、お渡ししたいものがあるんやわぁ」

充の母親が電話をかけてきたのは、昨日の夕刻のことだった。イベントの準備で昼間も顔を合わせていたのに、そこでは渡せなかったのだろうか。訝る芹に、「明日のお昼、一人で松亀楼ゆうお店まで来てくれへん？　後で地図送るわ」と畳み掛けてきた。

あらたまって、なんだろう。充に聞いても「さぁ」と首を傾げるばかり。もしや板倉家代々の嫁には、継承するべきなにかしらがあるのだろうか。

だったらイベントが終わって、落ち着いてからでもいいのに。正直なところそう思わないでもないが、これも嫁の務めかと深く考えないことにした。

「しょうきろう」

築地塀の入り口に掛かる、暖簾の文字を読み上げてみる。間違いなくここらしい。塀の向こうには庭木の緑と、虫籠窓（むしこまど）のある漆喰塗りの建物が覗いている。この佇まいは、どう見ても料亭だ。

傘の中に隠れ、手早くスマホを操作する。松亀楼、安永（あんえい）九年創業の老舗料亭。検索結果を見て、くらりと頭が揺れた。

どうしよう、こんな所とは思っていなかったから、普段着で来てしまった。充の母親は、なにを考えているのだろう。

とはいえ今はランチタイム。五千円のお弁当があり、そこまでハードルが高いわけではない。意を決して芹は傘を畳み、暖簾を潜った。

一歩中に入ればそこは別世界だ。つやつやと光る石畳の先に、格子戸の玄関がある。迎えに出た着物姿の仲居さんに、やや緊張しながら「予約の板倉ですが」と告げた。仲仲居さんは笑顔で「ようおこしやす」と腰を折り、「こちらへどうぞ」と先に立って歩きだす。

向かう先は離れらしい。仲居さんが傘立てから一本抜き出し、芹も畳んだ傘をもう一度開く。石畳の小径（こみち）が庭を蛇行するように横切っており、紅葉にはまだ早い楓（かえで）の葉がところどころに貼りついている。

周りの音を雨が吸い込んでしまうのか、やけに静かだ。湿った空気が優しく肺に満ちてきて、芹の心に余裕が生まれる。庭木に松が多いのは店名の由来だろうか。向こうに見える小さな池には、亀が棲んでいるのかもしれない。

「こちらでお待ちください」と、数寄屋風の離れ屋に通された。充の母親は、まだ来ていない。

玉砂利が敷き詰められた三和土でレインブーツを脱ぎ、座敷の中に足を踏み入れる。離れ屋の侘びた外観とは裏腹に、一面に描き出された枝垂れ桜の襖絵が華やかだった。こんないい部屋を、わざわざ取ってくれたなんて。なにを託されるのか少し怖い気もするが、板倉の嫁としての覚悟のようなものを授けてくれるのかもしれない。

ひとまず母親が来るのを待とう。料理は膳で運ばれてくるらしく、テーブルはない。芹は床の間を臨む下座にちょこんと正座した。

微かに膨らみを感じる下腹部を撫でてみる。やっと、おばあちゃんに認めてもらえたよ。これで安心して、あなたのことを産んであげられる。だからなにごともなく生まれてきてね。

妊娠が判明してから、これほど落ち着いた気持ちでお腹の子に語りかけたのははじめてだった。気がかりなことが多すぎて、自分の体にほとんど構っていられなかった。これから先は、そうはいかない。この子を無事に産み落とすことが、芹の一番の仕事になる。

おばあちゃんも、きっと手を貸してくれるよ。

そのために、女同士の結束を固める儀式が必要なのだ。煩わしくはあるけれど、母親の気が済むまでつき合おう。

しばらくすると、足が痺れてきた。近ごろ足首がすぐ浮腫む。離れに人が近づく気配がないのをいいことに、軽く崩して揉みはじめた。

遅い。バッグを引き寄せてスマホを見ると、約束の時間からすでに二十分が過ぎている。

時間には、ルーズな人じゃないと思うんだけど。

来る途中でなにかあったのだろうか。母親の携帯に電話をかけてみたが、すぐ留守電に変わってしまった。

そうこうするうちに、さらに十分。母親はおろか、仲居さんさえも「お待ちください」と言って去ったまま、お茶の一杯も持ってこないのはどうしたことだ。

「あのぉ」と立って襖を開けてみたが、やはり誰もいなかった。

もしかして店のほうも、芹がいるのを忘れているんじゃなかろうか。本館は離れていて、「すみません」と声を上げたところで届かない。

もう一度母親にかけてみても、やはり留守電。芹は充の番号を呼び出した。

「はい、芹さん。お母さん、なんやった？」

昼休憩中らしく、背後にジャジーな音楽が聞こえる。「ブレンドコーヒー、お待たせしました」という、店員の声。喫茶店にでもいるのだろう。

「それが、まだ来てないんだけど。なにか聞いてない？」

「いや、なにも。今どこにいるん？」

「松亀楼っていう料亭の、離れ」

「は、松亀楼？　なんでまたそんな高いとこに」

母親に呼び出されたことは伝えたが、場所までは言っていなかった。充の感覚でも、松亀楼は物々しい店のようだ。

「さっきから店員さんもちっとも来ないし、変なんだよね」

「どのくらいそこにいるん？」

「かれこれ、三十分くらい」

「嘘やろ」

充が電話の向こうで絶句する。ただの待ちぼうけにしては、反応が大袈裟に思えた。

「芹さんその離れ、なんかおかしなとこない？」

「おかしなとこって？」

「調度品とか」

「分かんないよ、そんなの」

座敷の中を見回してみる。床の間に掛かる軸は草書で読めず、備前焼の花入れにはリンドウとサンザシが飾られている。

「襖絵は？」

「桜だけど」

「それだけ？」

「枝に小鳥が留まってるね」

筆の跡も美しい桜の枝ぶりに、オリーブグリーンの小鳥が一羽、さりげなく配置されていた。余白が効果的に使われているため、小さな鳥だが印象に残る。

「それ、鶯（うぐいす）やない？」

「ああ、うん。たぶんそう」

鶯は目白と混同されやすい鳥だ。芹もバイヤー時代に色見本を見ていて、鶯色が案外地味な色味なのに気づいた。それまで鶯色だと思っていた黄味がかった明るい緑は、目白の色だった。本物の鶯色はオリーブグリーン、ちょうどこの小鳥の羽と同じだ。

頷き返した芹の耳に、充の深いため息が届く。

「ああ、やられた」

「え、なに。どうしたの？」

声に滲む嘆きの色に、芹はうろたえた。この襖絵から充はなにかを悟ったようだが、こちらはさっぱり分からない。よく見れば春霞を表しているのか、金泥をぼかすようにはたいてある。いつの時代のものかは知らないが、きっとお高いのだろう。

「芹さん。なんもせんでええから、そのままそっと帰っておいで」

「なんで。お母さんは？」

「たぶん、来ぉへんと思う」

店の人にも声をかけなくて大丈夫だと充は言う。芹は半信半疑で荷物を持って、石畳の小路を戻った。本館の木格子越しに先ほどの仲居さんと目が合ったが、静かに逸らされてしまった。


「え、場違い部屋？」

そう叫んだ拍子に、注ごうとしていた味噌汁が親指にかかった。辛うじて椀を取り落としはしなかったが、芹は「あちっ！」と肩をすくめる。

「ちょっと、なにしてんの」

ローテーブルに箸を並べていた充が、慌ててキッチンに飛んでくる。冷たい流水を指に当てながら、芹は「大丈夫、大丈夫」と作り笑いを返した。

「それでなんなの、場違い部屋って」

夕飯の準備をしつつ、昼間の件について充を質問責めにしていたところだ。あれっきり母親からは釈明すらなく、電話も無視されている。自宅に立ち寄ってみたが、居留守なのかなんなのか、チャイムにも応じなかった。

「まぁ僕も、都市伝説みたいなもんやと思ってたんやけども」

芹の指が赤くなっているのを見て、充が保冷剤を手渡してくる。以前買った誕生日ケーキについてきたものを、取っておいたのだ。

「先に座っとき」と促され、ローテーブルに着く。すぐに話を切り出さないのは、言いづらい内容だからだろう。

今夜のメニューは鮭ときのこのホイル焼き、蕪（かぶ）のラー油漬け、蓮根のきんぴら。小松菜と油揚げの味噌汁をよそって、充が席につく。

「いただきます」と食べはじめてから、ようやく場違い部屋の話に戻った。

「京都の古い料亭では、そういう部屋があるって噂でな。調度品の一部を、わざとちぐはぐにしたはるねん」

「ちぐはぐ？」

「ほら、普通は鶯といえば梅やろ」

正面から顔を覗き込まれて、頷き返す。そのくらいのことは芹にも分かる。

『梅に鶯』が『桜に鶯』になっとるから、場違い部屋。そこに通されたら、あんたは場違いな客ですってこと」

「はぁっ？」

ホイル焼きに搾り入れようとしていたレモンが、的を外して盛大に飛び散った。充がなにも言わずにティッシュの箱を引き寄せる。

「信じられない。なんでそんな回りくどいことするの？」

「だって、真正面から断るんは失礼やし」

「そんな部屋に通すほうが、よっぽど失礼じゃないの！」

しかも場違い部屋に通された客は、自分でそれと気づいて帰らなければいけないそうだ。待っていても誰も来ず、文句をつけてもものを知らない人間とかえって馬鹿にされるだけ。だがそんな風習があることを知らなければ、対処のしようがない。

「僕かて、ほんまにあるとは思ってへんかってん」

「そうよ、コストの無駄よ！」

あの離れ屋は、管理、維持だけでもお金がかかる。芹がオーナーならそんな無駄は真っ先にカットだ。そう思うとよけいに腹が立った。

「それに松亀楼の離れって、親父が言うには普通に食事できるらしいねん」

「どういうこと？」

「必要なときだけ、襖をつけ替えて場違い部屋にしてるんやろな」

「つまり私がそれほど場違いだったってわけ？」

普段着ではあったが、元バイヤーとして決して見苦しい格好ではなかったと思う。あれでダメならランチを楽しみに来た観光客は、ほとんど場違い部屋送りだろう。

「いや、それがその、うちのお母さんの指図やったみたいで——」

四分の一に切った小蕪の塊を、芹はほとんど噛まずに飲み下した。ラー油の辛みが喉に絡まり、激しく噎せる。またもや充がティッシュの箱を差し出してきた。

言いづらそうにしていたわけだ。母親の指図で場違い部屋に入れられたのなら、それは完全なる悪意である。

やっぱり怒ってたんじゃない！

妊娠が発覚したときの、母親の青ざめた顔を思い出す。秘密にしていたことが腹立たしかったのなら、その場で言ってほしかった。充の母親は、怒りが前に出るタイプではないのだろう。そのぶん根が深く、こじれやすい。

思わず知らず、赤くなった親指を握り込んでいた。ひどい火傷ではないが、押せばシクリと痛みだす。その痛みで気を紛らわす。

「二度とするなて、ゆうてきたから」

「えっ！」

充の押し殺した声に驚き、顔を上げた。いつもより帰宅が遅いと思ったら、仕事のあと実家に寄ってきたらしい。

「ちゃんと謝らすから。ごめんな」

「いやいや、それはいいって」

元々は芹が蒔いた種だ。充は妊娠を喜んで、すぐに報告する気でいた。芹が慎重になりすぎたのだ。

結婚を、認めるって決めた矢先だったんだもんね。

タイミングが悪かった。芹を場違い部屋送りにしてやろうと思うほど、母親は傷ついたのだ。半年かけて体当たりで築いてきた関係が、もろくも崩れ去ってしまった。一度失った信頼は、なかなか取り戻せるものじゃない。

「せやけど、あまりにも陰険やんか！」

充が珍しく声を荒らげる。怒っているのだ。誰かが自分のために腹を立ててくれると、こちらはそのぶん冷静になれる。

「うん。でもさ、私が判断を誤ったんだよ」

「せやから僕は黙ってろって？」

「えいっ」

テーブル越しに迫ってきた充の口に、蕪を放り込んでやる。

「あ、辛っ！」と充は顔をしかめた。

「庇ってくれるのは嬉しいけど、これは私とお義母さんのガチンコ勝負だから！」

充が芹の側につくと、母親はますます臍を曲げるだろう。そんな本音を包み隠し、芹はガッツポーズをしてみせる。

「あの、芹さん。暴力はちょっと――」

「しないわよ。私をなんだと思ってるの」

殴り合って済むのなら、それもやぶさかではないが。男同士とは違い、女同士は遺恨が残る。少しずつ歩み寄りながら、落とし所を見つけなければいけない。

また振り出しか。いや、それより状況はもっと悪い。

場違い部屋の襖絵は、見事な枝垂れ桜だった。満開の桜の時期に、芹が着ていたのも枝垂れ桜の訪問着。

「あんたは最初っから場違いやってん」と、突き放されたような気分だった。

ハロウィンイベント当日の、十月二十九日。心配された天候は幸い曇り。時折晴れ間の覗く、過ごしやすい一日となった。

フォトラリーのエントリーは三十四組、八十七名。百人には及ばなかったが、それほどの人数が着物で町を歩くと華やかだ。ベストドレッサー賞の上位七組には協賛の織屋から名古屋帯や帯地を使ったバッグなどが後日贈られるとあって、様々に工夫を凝らしている。

「ほぉ、おもろいもんやなぁ。若い子が、着物にスニーカー合わせたはる。センスがええから、馴染んどるわ」

工房のミセの間の、糸屋格子越しに外を見て、山根が感嘆の声を上げる。こちらも珍しく着物姿、帯には骸骨が踊っている。

「せや、充くんのお母さん、新聞のインタビューに堂々と答えてはったで。えらい肝が据わっとった」

芹は山根の工房で、オリジナル商品の売り子をしていた。新聞取材を無事に乗り切ったと知って、ほっと安堵の息をつく。それが本日最大の気がかりだった。

充の母親とは、まだゆっくり話ができていない。場違い部屋送りにされた翌日に、

「ああ、芹さん。昨日はごめんなぁ。私うっかり、呼び出したこと忘れてしもて」と、しれっと謝られた。

見え透いた嘘だと、母親も分かって言っている。イベント前日で慌ただしく、二人きりになる機会がなかったため、それ以上の追及は諦めた。

今朝も本部が置かれている板倉家に集合し、メンバー全員で最終確認を行った。充の母親とは、目さえ一度も合わぬまま。新聞取材のシミュレーションをしておかねばと思

っていたのに、けっきょくぶっつけ本番になってしまった。

ともあれ、取材がうまくいったのならなによりだ。芹は己の胴に巻かれている、蜘蛛の巣柄の帯に目を落とす。

せめてこの帯を貸してくれたときに打ち明けていれば、こんなにこじれはしなかったろうに。決めたことをやり通そうとする性分が、完全に裏目に出てしまった。

「今度はなにをやったんや？」

山根にそう聞かれても、苦笑いを返すことしかできない。

「なんで喧嘩しとるんか知らんけど、早よ仲直りしぃや」

元々芹の持ち場は、遊郭のあった五番町。だが妊婦に立ちっぱなしは酷だからと、そちらには充が代わりに行っている。ならば本部に詰めていたほうが仕事はあるのだが、母親に「人手は足りてるし」と拒まれた。

仲直り、できるんだろうか。

珍しく弱気になっているのは、ホルモンバランスが乱れているせいかもしれない。妊娠前の芹なら昨日のうちに、無理矢理にでも話し合いの席を設けただろうに。真っ直ぐにぶつかってゆくだけの、気力を絞り出せなかった。

らしくないなぁ。

山根の目を盗んで自分の頬をつねる。

しっかりしろ、私。

「すみませぇん、見学できるって聞いたんですけど」

開け放してある玄関から、二人組の女性が顔を覗かせた。

「いらっしゃいませ」と、気を取り直して顔を上げる。

二人とも、二十代の後半だろうか。帯留めがパンプキンだったり、帯に蝙蝠が飛んでいたりと、ハロウィンの雰囲気がよく出ている。

「ご見学ですね。お袖を巻き込むと危ないので念のため、こちらで留めていただけますか。あと音がけっこう大きいので、お気をつけください」

折り畳んだ襷(たすき)を手渡し、念のため襷掛けのしかたを教えた。織前(おりまえ)には今、山根と交代したニコラが立っている。ミセの間にいても無愛想でまともに接客できないから、ずっと織らせておくとしよう。

見学者を工房に送り込み、芹はまたミセの間に戻る。板倉家と同様に土間からの段差がきつく、臨月でこれを上り下りするのは辛いんじゃないかと思われた。それでも京の女は、そして充の母親は、大きなお腹で動き回っていたのだろう。

「芹さん、昼休憩取った?」

「ううん、まだ」

「せやろな、ニコラ一人残して行かれへんかったやろ。今のうちに行っといで」

時計を見ると、とっくに一時を過ぎている。フォトラリーの終了時間は午後五時だ。それまでお腹は持ちそうだったが、山根の厚意に甘えることにした。

「じゃあ、行ってきま――」

だがそう言い終わらないうちに玄関先からバタバタと足音がして、黒い塊が飛び込んできた。

「芹さん、妊娠したてほんまなん？」

菊わかだった。肩に猫の顔がついた黒一色の着物に、猫の足跡柄の帯、帯揚げ帯締めはオレンジと紫で、こちらもハロウィンコーデらしい。

「え、なにあんた公休日？」

「こっちが質問しとるのん！」

いったい誰から聞いたのか。まさかまた充の母親が――と考えたところで、白木の下駄を鳴らし猛さんが追いついてきた。

「若葉お前、速すぎや」

なるほど、情報源はこの人だ。軽く睨むと猛さんは、「ゴメンネ」とでも言いたげに肩をすくめた。相変わらず、軽い。

「否定せぇへんゆうことは、ほんまなんやね？」

菊わかが、「あああああ」と頭を抱えてその場に座り込む。芹はとっさにその腕を取った。

「ちょっと、玄関塞がるから上がったら？」

「余裕か！」

すぐさま手を振り払われる。なにも知らされていなかった山根が、「え、妊娠？　え、ほんまに？」と背後でうろたえている。

「なんですぐ教えてくれへんかったん。ウチが充兄ちゃんのこと好きなん、知ってるくせに」

そう言って、顔を赤らめて睨みつけてくる菊わかも美しい。べつに気持ちを軽んじるつもりはなかったが、芹が黙っていたせいでまた人を傷つけてしまったと思うと、喉の奥が塞がって言い訳もできなくなった。

「そうはゆうてもなぁ、若葉」

猛さんが、ゆったりとした動作で腕を組む。グレーのお召(めし)に自社の帯、根付がパンプキンである。

「お前『充兄ちゃん』ゆうとる時点でもう、それ以上になろうとしてへんのちゃうか？　せやし充もお前のこと、妹としか見てへんのやで」

「うるさいねん。タケちゃんは関係ないし、黙っといてんか！」

指摘に思い当るところがあったのか、菊わかはますます頰を紅潮させる。そして芹に向かって人差し指を突きつけてきた。

「ウチはなぁ、ライバルであるウチに義理を通さんかったこの女に怒っとるねや！」

あれ？　と芹は首を傾げる。もしや菊わかは、芹の口から事実を聞かされたかっただけなのか。

「芹さんのアホ。せいぜい元気な子を産みさらせ！」

呪詛にもなっていない捨て台詞を残し、猛さんを押しのけて去ってゆく。

猛さんが「あーあ」と頬を掻いた。

「ごめんなぁ。あいつほんまは芹ちゃんのことけっこう気に入っとんねやけどな」

「それは、知らなかったです」

「うん、まぁ気長につき合ったって。おーい、若葉ぁ。待てって。だからお前速いねん」

カラコロと、下駄の音も遠ざかってゆく。まるで疾風のような来訪だった。

「猛さん、振り回されとんなぁ。ま、惚れたもんの弱みか」

山根のなにげない呟きに、目を見張る。そういえば上七軒の歌舞練場ではじめて会ったときも、猛さんは「菊わかに案内係頼まれてん」と言っていた。年齢差はかなりある。だがお似合いのようにも思える。

「え、そうなの？」と振り返る途中で、工房から見学者を連れて出てきたニコラと目が合った。なぜか驚いたような顔をしている。

「あ、どうしたの？」

「イエ、経糸が切れたノデ、シバラク見学者を入れナイデほしクテ」

「ああ、うん。分かった」

これから経糸を繋ぐ作業に入るのだろう。人様に見せるにはあまりに地味な光景である。

礼を言って去ってゆく見学者二名を見送ってから、「せや、芹さん妊娠したって？」と山根が話を蒸し返した。

「ええっと。そうなの、実は」

「ああもう、早よゆうて。俺、重たいもん持たせたりしてへんよな。あ、掃除のとき踏台乗ってたやん。あかんて、危ないて」

安定期まで誰にも知らせないという取り決めは、やはり芹の自己満足でしかなかったのだろうか。ここ数ヵ月の行動を振り返り、山根が青ざめている。

ニコラの反応はと窺うと、少し寂しげに微笑んでから、勢いよく親指を立てて見せた。

「フェリシタシオン！」

おめでとうと告げられて、ほっと肩の力を抜く。

そうだ、本来これはおめでたいことなのだ。やっかいの種でもなんでもない、皆から祝福されて生まれてくるべき子供だ。

「メルシー」

いつも意地悪ばかりのニコラの、思いがけぬ優しさが胸に染みる。やっぱり充の母親とは、膝を突き合わせて話し合おう。だってあの人は、このお腹の子のお祖母(ばあ)ちゃんなのだから。

ニコラは薄笑いを浮かべ、フランス語のまま先を続けた。

「しょうがない、僕はまた別の女性を探すよ」

「えっ?」

「ハハ、冗談デスヨ」

軽く肩をすくめて見せ、「サテ。経糸、経糸」とわざとらしく呟きながら工房の奥へと引っ込んでゆく。

「なんやあいつ、なにゆうた?」

山根に問われても、あまりのことに声も出ない。少なくとも芹の知っているニコラは、あんな冗談を言う人間じゃない。

「芹さん、顔真っ赤やで」と指摘され、芹は頬を押さえて腑抜けたように頷いた。

午後三時、本部はそろそろフォトラリーを終えた参加者の受付で忙しい頃合いだ。

「こんなところにおらんと、充くんのお母さん手伝っといで」と事情を知った山根が再三にわたり急かすので、芹は大宮通を南下して、板倉家へと向かっていた。

充の母親に無視されているからといって、手をこまねいている場合じゃなかった。許してもらえるまで何度でも、謝り倒すのが芹のやりかただ。母親からはすでに「暑苦しい」と言われているのだから、なにを遠慮することがあろう。

「あれ、芹さん」

道の途中で、向こうからやって来た充に出くわした。デニム地の着物にオレンジの帯、首にはハロウィン柄の蝶ネクタイをつけており、たいそう可愛らしい。

本来なら五番町にいるはずだが、猛さんが「また若葉にフラれてしもたわぁ」と泣きついてきたので当番を代わってもらったという。

「ちょうどよかった。迎えに行こと思ってたてん」

「どうして?」

「スペシャルゲストが来とるから」

そんなものを用意した覚えはない。「誰それ?」と尋ねても、充は「ええから、ええから」と芹の手を取る。

「せやし、本部行こ」

訳が分からないが、行き先は同じだ。素直に手を引かれつつ歩く。

慣れ親しんだ充の手だ。相変わらず、赤ちゃんのように柔らかい。毎日糸を扱っているニコラの手は、触ると荒れているのだろうか。

なにを考えているんだろうと、頭を振る。

冗談、冗談。あれは冗談。ニコラがそういうことにしておきたいのなら、呑み込まないと。いつか彼に素敵な人が現れたら、笑って「フェリシタシオン！」と言ってあげればいいのだ。

そんな芹の心中も知らず、「ようさん人が来てくれてよかったなぁ」と、隣をゆく充がのんびりと微笑みかけてきた。

板倉家の前ではハロウィンコーデの女性たちが、額をつき合わせるようにしてスマホをいじっていた。ベストドレッサー賞はエントリーされた写真の中から選ぶので、写りのいいものを厳選しているのだろう。

玄関を入ると土間には履物が脱ぎ散らかされており、ミセの間は混雑していた。受付にいるのは充の母親と下村の奥様で、明らかに手が足りていない。すぐさま応援に入ろうとした芹は、充に肩を摑んで引き留められた。

「ここは僕が入るから、芹さんは奥の間行って」と、通り庭を顎で示す。

「どういうこと？」と尋ねても、はかばかしい答えが得られない。芹は仕方なく、ひんやりとした通り庭を奥へと進む。

台所を通り過ぎ、その先がいわゆる「奥の間」だ。人がいる可能性を考えて、念のため「失礼します」と声をかけてから襖を開ける。

中は床の間のある六畳間、坪庭に面した部屋だ。ガラス戸越しに庭がよく見える位置に、女性が一人座っていた。

どことなく見覚えのある後ろ姿だ。そう思ったのもつかの間、女性が振り返る前に、芹は驚愕の声を上げていた。

「えっ、お母さん？」

芹とはあまり似ていない、小動物のような目がこちらに向けられる。たしかに遠野萩子その人が、「えへへ、来ちゃった」と照れ笑いを浮かべた。

「充くんから連絡をもらってね。本当は個展の打ち合わせで来週京都に来るつもりだったんだけど、ちょうどいいから早めたの」

長い黒髪、やや下膨れの柔和な笑顔、だがいでたちはドットと花柄を組み合わせた自作のワンピースというアヴァンギャルドっぷりで、萩子は手元にあった茶を啜る。

「でも打ち合わせがちょっと長引いちゃって、ちょうどお忙しいときに着いちゃったのね。申し訳ないわ」

お茶請けに出されているのは皇室御用達、長久堂のきぬたという棹菓子だ。充の母親の好物である。どうやら萩子はそうとう歓迎されている。

「充から、なにも聞いてないんだけど」

「私が内緒にしてって頼んだのよ。だってあなた、心構えしちゃうでしょ」

「そのくらいはさせてほしかったよ」

「嫌よ。私は芹ちゃんの焦る顔が見たかったの。これでも怒ってるんだから」

芹の妊娠のことは、充サイドどころか萩子にも報告していなかった。充から母親とのいざこざも含め洗いざらい聞き出したらしく、娘の愚かさに呆れ返っているようだ。怒るなら態度で示してほしいところだが、この人の場合は顔に出ないからなおさら恐ろしい。

「まったく、この子ったら嘘ばっかりね。こちらのご両親に結婚を反対されてたなんて、聞いてないわよ。どうせ私が止めても聞かないんだから、結果は同じだったんでしょうけど」

「ごめんなさい」

「聞こえない」

「ホントにすみませんでした!」

畳に手をついて謝ったところで、部屋の襖がからりと開いた。思いがけぬ光景に、充の母親が身を震わせて立ちつくす。

「すみません、お忙しいときにお邪魔して」

萩子に声をかけられて、呪縛が解けたように室内に入ってきた。

「いいえ。こちらこそ、すっかりお待たせしてしもて」

イベントの受付は、夫を呼びつけて代わってもらったようだ。その胸には、遠野萩子の作品集を抱きしめている。

「あの、遠野萩子さん。私、あなたのファンなんです。サインしてもらえませんか」

「ええ、娘から聞いております。もちろん、喜んで」

「い、郁子さんへでお願いします」

緊張に声を上ずらせ、充の母親は萩子の向かいに座った。芹の存在など、頭から抜け落ちているようだ。

「来月の個展、必ず伺います」

「まぁ、ありがとうございます」

娘の芹すら知らなかった個展の情報まで入手している。サインつきで戻ってきた作品集を再び胸に抱きしめて、母親は感無量の吐息をついた。

「私、遠野さんの彼岸花の作品ほんまに好きで。あれに出会えたおかげで、救われたんです」

「あら、嬉しいです。私ったら、娘がお世話になっているのになかなかご挨拶に伺えず、失礼いたしました」

「いえいえ、そんな。とんでもない！」

ファン特有の自分語りが始まりそうな気配を察し、萩子が強引に話題を本筋に引き戻す。この人は昔から、会話の主導権を握るのが上手かった。

「しかもこの度は、ずいぶんな無作法を働いたようで。私も一昨日の夜に充さんからお電話いただいて、仰天しました。まさか、おめでたとは思わなくて」

「遠野さんも、ご存じなかったんですか？」

「ええ、この子ったら秘密主義で」

そう言って萩子はころころと笑う。いたたまれず芹は肩を縮めた。

「子供のころから野生動物みたいで、弱っているところを人に見せようとしないんです。小学校の、六年生だったかしら。お腹が痛いのを倒れるまで我慢し続けて、腹膜炎を起こしかけたくらい。我慢してもいいことはなに一つないのに、学ばないんですよねぇ」

「はぁ」

滑らかに回る萩子の舌に、充の母親が圧倒されている。おっとりとした話しぶりなのに、他者に口を挟ませないのが萩子節である。

「ですから今回のことも、この子の強がりが出てしまっただけで、決して板倉さんをないがしろにしたわけではないと思うんです。そもそも娘がこうなってしまったのは、私が頼りないせいでしょう。前の夫と離婚してから、私の負担にならないようにと、頑張らせてしまったんですね」

「まぁ」

萩子の語り口に引き込まれ、芹の話だということも忘れて充の母親が涙ぐんでいる。

芹は気まずいやら恥ずかしいやらで、じっと畳の目を数えていた。

「なにかあったら頼ってほしいと思っているのに、この子ったらちっとも分かってくれなくて。ねぇ、少しくらい心配をかけるのも親孝行の一つだと思いません？」

「ええ、ええ。分かります、ほんまそのとおり」

「だけどこの子の代わりに、充さんが私を頼ってくださったんです。どうかお力を貸してくださいって。それを聞いて私、もう嬉しくって」

充がそんな電話をしていたなんて、これっぽっちも知らなかった。憧れの萩子に説得してもらえば充の母親も折れるんじゃないかと、芹も考えなかったわけじゃない。でもそんな迷惑はかけられないと、選択肢からは外していた。

「だから今日は充さんを育ててくださった板倉さんに、お礼を言いに。この子もそのうちに、親としての喜びや悲しみが分かるようにもなるでしょう。どうか、長い目で見てやってくれませんか」

「え、ちょっと遠野さん！」

萩子が畳に手を揃えて頭を下げる。充の母親はうろたえて、おろおろと前ににじり寄った。

「そんな、やめてください。芹さんには、こっちこそお世話になってるんです。うちの直営店かて芹さんがいてはらへんかったらコケてたかもしらんし、このイベントかてほとんど芹さんの発案です。突拍子もないこと言わはるし、私も歳やしかなわんなぁと思うけども、遠野さんの作品に出会うたときみたいなわくわくする感じもあって。なんてゆうたらええんか、今さらおらんようになったら、その――」

言い募る母親と、途中で目が合った。母親は気まずそうに視線を落とし、それでもまだ口の中でもごもごとなにか言っている。

やがて意を決したように、「芹さん、ちょっと来て」と立ち上がった。

奥の間に萩子を残し、連れて行かれた先は二階の母親の部屋だった。急勾配の階段を上る際、「足元気ぃつけて」と注意を促された。

「はい、そこ座って」

パッチワークキルトに彩られた部屋に入り、指差されたあたりに正座する。充の母親はやけにぶっきらぼうで、芹の顔を見もせずに先日と同じ桐箪笥の抽斗を開けた。

「これな、直しといてん」

そう言って取り出したのは、着物用の畳紙(たとう)だ。そっと芹の前に置き、目で「開けてみ」と促してくる。

なにが出てくるのかと、芹はおっかなびっくり畳紙の紐を解いた。互い違いに畳まれた紙を開くと、中から出てきたのは黒地に鶴が群れ遊ぶ、手描き友禅らしき着物だった。

「それ、私の嫁入りのときの大振袖。私は裾を引いて着たけど、芹さんなら普通の長さやろと思て、裾のふき綿取っといた。裄(ゆき)出しもしといたし、あんたちょっと羽織ってみ」

ごてごてと金糸銀糸を使っているわけではなく、すっきりとした綺麗な着物だ。それを芹が着られるように直しておいたなんて、まるで——。

「いいんですか？」

「なにが？」

「だってこれじゃあ、結婚を許してくれるみたいじゃないですか」

呆けたように呟く芹に、充の母親がふんと鼻を鳴らした。

「ほんまはこないだの会食のとき言うつもりやったのに、あんたがワヤにしてしもたんやろ」

それでもまさかこの母親が、ひと針ひと針、婚礼衣装の準備をしていたなんて、誰が想像しえただろう。

「びっくりしすぎて、最後にイケズしてしもたやないの」

「あの場違い部屋は、ちょっとひどかったと思います」

「強烈やったやろ。なんせ私も死んだお義母さんにやられたからな」

「伝統なんですね」

「せや。気に食わんかったらあんたの代で終いにしよし」

場違い部屋に入れられて、べそをかいた時代がこの人にもあった。それでも涙を呑んで西陣のやりかたに染まったのだ。そして染まりそうにもない芹を、諦めと共に受け入れようとしている。

「あんたも変なところで不器用よな。子供ができたんなら、盾にすればええもんを」

「でもそれじゃ、私が認められたわけじゃないでしょう?」

「なんや、承認欲求強いわ」

母親が呆れたように天を仰ぐ。

そうだ、芹は人から認められたくて突っ走ってきた。でも人と人との関係は、がむしゃらに頑張るだけじゃない。そう教えてくれたのが充だ。

「本当に、黙っていてすみませんでした。子育てのことで、この先お力を借りることもあると思います。よろしくお願いします」

芹は畳に軽く手をついた。相手の懐に入るのが下手で、可愛くないとよく言われた。こんなふうに、力を抜いて人に委ねてもいいのだとは思わなかった。

「ふん。ゆうとくけどその着物、絵羽模様やし。それ以上お腹おっきなっても、身幅出しでけへんからな！」

充の母親は、この期に及んでまだ憎まれ口を返してくる。

絵羽模様というのは、広げたときに一枚の絵になるよう仕立てられた着物の柄つけのこと。胴周りが太くなっても、身幅を調整するのは難しい。

だから、挙式をするなら早くしろと言いたいのだ。

「ありがとうございます」

「礼なんかええわ。私も充分に意趣返しさせてもろたし」

充の母親が、拗ねたようにそっぽを向いた。

意地っ張りだ。芹と充の母親は、けっきょくのところ似た者同士なのかもしれない。

視界の端が、虹色に滲んでくる。うつむくと膝の上で晴れ着の鶴が、大きく羽を広げていた。

ＳＮＳを開き「西陣おりおりの会」のハッシュタグで検索をかけてみると、本日の参加者の写真がずらずらと出てきた。皆ハロウィンコーデでポーズを決め、いい笑顔を見せている。何度も下見をした撮影ポイントも、カメラのフレームに切り取られるとやけに新鮮に見えた。

スマホをスクロールして、書き込まれた内容を目で追ってゆく。客層がよかったのか、運営に対する批判はあまりない。楽しかった、着物好きの友達が増えた、またやりたい、といった好意的なコメントが続く中、京都市内に生まれ育ったという人が、『西陣って晴明神社くらいしか知らんかった』と書き込んでいた。

やはり西陣という町は、あまりよく知られていないのだ。情報発信機関として「おりおりの会」を立ち上げた、その狙いは間違っていなかった。

「はい、お疲れ」と、充がコーンスープのカップをテーブルに置く。「おりおりの会」メンバーと板倉家のミセの間で簡単な打ち上げを済ませ、帰ってきたばかりである。

「ほら、京都新報のウェブ版にもさっそく載っとるで」

「あ、ホントだ。お母さん、表情硬いね」

ソファに二人並んで座り、充が操作するタブレットを覗き込む。小さいが、母親の写真が載っている。

「『私たちの残したいと思うものを、まずは皆さんに知ってもらわないと。そして今なにが求められているのかを、私たちに教えていただきたいんです』って、いいこと言うねぇ」

インタビュー記事を読み、芹はうんうんと頷いた。入れ知恵をする暇はなかったのに、充の母親は「おりおりの会」の主旨を正しく理解していた。彼女を任意団体の代表に祭り上げた芹の目に、狂いはなかったようである。

「まぁこれは、まずまずの滑り出しではないでしょうか」

SNSに視線を戻し、チェックを続ける。コメントが著しく拡散されている女性は、どうやら人気の着物ブロガーらしい。こういう企画は、やはり発信力がものを言う。

「なるほどねぇ。次は着物ユーザーに対して影響力のある人、呼べないかな」

「なに、もう次の話?」

冷めないうちに、コーンスープを口に運ぶ。粉末を溶いただけのものだが、温かくて優しい味がする。

「まだ事後処理が残ってるで。ベストドレッサー賞を決めなあかん」

「そういう楽しそうなことは、奥様たちにお任せするよ」

先ほどの打ち上げでも、エントリーされた写真をパソコン画面に並べ、「あれがいい、これがいい」と額を集めて相談していた。ベストドレッサーの発表は、賞品の発送をもって代えることになっている。

「とにかく年内に大きいのをもう一つ。それから賛助会員限定のイベントね。ゆくゆくは充のお母さんに、なんちゃら着物アドバイザーみたいなカリスマ的存在になってもらいたい。そうすれば集客が楽だし」

「ずいぶん期待するやん、うちの母親に」

「だって面白いじゃない。場違い部屋に通すなんて、そんな嫁いびりのしかたある？」

やられたときはショックだったが、よくよく考えてみると現代にはちょっとない感覚だ。そのずれすらも、うまく活用できないだろうか。

「ほんま芹さんは、転んでもただじゃ起きひん」

充は呆れたように肩をすくめる。それは褒め言葉ということにしておこう。

「せやけど、火急に企画せなあかんイベントが一つあるやろ」

「えっ、なになに。気になる」

「僕らの結婚式」

そうだった。充の母親から託された晴れ着は、芹の簞笥の中にある。お腹が大きくなる前に、あれを着なければいけなかった。

「さっきちょっと調べてみたんやけど、申し込みから最短一ヵ月で挙げられる式場はけっこうあるわ。さっそく下見に行こか」

「ああ、うん。私はべつにどこでもいいよ」

「なんや、自分のことになると消極的やなぁ。ええわ、こっちは僕が進めるわ」

「よし、任せた！」

「自分の結婚式やで。ちょっとはこだわりないんか」

そんなものは、特にない。ただ来客に気持ちよく帰ってもらえれば、それでいい。そのあたりの心配りは、充に任せておけば間違いがなかった。

「文句は受けつけへんで」と言いながら、タブレットに式場の情報を呼び出して見比べはじめる。その肩に、芹はこつんと額を寄せた。

「充、ありがとね」

「ん、なにが?」

「うちのお母さんのこと」

心配をかけまいと思うあまり、萩子にはなかなか素直になれない。子供のころからなにごとも、一人でやれると突っ張ってきた。もっと頼ってほしいと思われていたとは、言われるまで気づかなかった。

「うん、泊まってってもらえたらよかったんやけどな」

「しょうがないよ、明日も朝から教室じゃ」

「萩子さんも、忙しいなぁ」

せっかく京都に来たのに、とんぼ返り。萩子はキルトを制作しているとき以外、ちょこまかと動き回ってちっともじっとしていない。

「第一印象はおっとりしてて、芹さんと似てないと思ったけど、やっぱり似てるよな」

腰に添えられた充の手が邪魔で、つい当たり散らしてしまった。

ほぼ予定日通り。これといったハプニングもなくこの日を迎え、覚悟はできているつもりでいたが、甘かった。この痛みの前では人間もしょせん獣だ。ほとばしり出る声と理不尽な苛立ちを、どうすることもできない。

引きずられるようにして陣痛室を出ると、廊下の向こうからちょうど義理の父母が駆け寄って来るところだった。そろそろ生まれそうだと、充が連絡を入れたのだろう。

取るものも取り敢えず駆けつけた、化粧っ気のない母親の顔を見てなけなしの理性が戻る。そうだ、今日はこどもの日。「西陣おりおりの会」では親子を対象とした工房見学会を企画している。

「お義母さん！『織人』の作業場、見学者の動線の最終確認できてますか！」

「えっ、そらまぁ、できてるけども」

それどころではない状況で仕事の話を振られ、母親が言い淀む。痛みを紛らわすためにも、芹は構わず先を続けた。

「ニコラには、『柄バト！』関連商品の説明を、に、こ、や、か、に、するよう伝えてくださいね！」

「うん、それはもうええから――」

「あとお義父さん！手織り職人さんたちとのミーティング、さすがに今日は無理！

お任せします！『KURA』の後藤さんには、盛夏用のブックレットの送付を！」

「あ、ああ。分かった」

痛い、痛い、痛い。腰から下が爆発しそうで、どうやって歩いているのか自分でも分からない。

助産師が空いた手で、分娩室のドアを開けた。芹は最後の力を振り絞って指示を出す。

「それと菊わかへの謝礼がまだで、猛さんに――」

「ああ、もう。ええかげんにし！」

堪りかねて母親が叫び返した。

「あんた結婚式のときも間際まで、『KURA』の衣装提供がどうのこうのゆうて走り回ってたやないの！　ちょっと落ち着いたらどうなんえ！」

そうは言っても気がかりで、頭の片隅から仕事が離れない。特にイベントに関しては、どれだけ準備をしても万全ということはない。

「大丈夫やから、任せよし！」

充の母親が頼もしげに胸を叩く。痛みと疲労で朦朧(もうろう)としながらも、芹はどうにか微笑み返した。

そうだ、一人で頑張らなくていい。芹が少しくらい前線を離れても、皆もう充分に戦える。あとのことは、信頼して任せるだけだ。

ずるずると、引きずられるようにして分娩室の中に入ってゆく。部屋の中央に、ピンク色の分娩台が据えられている。

早く、座りたい。早く、出したい。もうダメ、他のことはなにも考えられない。

「充、しっかりつき添ってや！」

ドアが閉まる直前に、祈るような母親の声が飛び込んできた。

「ここにおるからな、芹さん」

充が励ますように、握った手に力を込める。

一人じゃない。新しい命と、この人と、一緒に生きていくのだ。

分娩台に近づきながら、芹は力強く、温かな充の手を握り返した。

本作品は二〇一八年五月、小社より単行本刊行されました。
また、作中に登場する人物、団体名は全て架空のものです。

双葉文庫

さ-45-02

若旦那のひざまくら

2021年11月14日　第1刷発行

【著者】
坂井希久子

【発行者】
箕浦克史
【発行所】
株式会社双葉社
〒162-8540 東京都新宿区東五軒町3番28号
［電話］03-5261-4818(営業部)　03-5261-4831(編集部)
www.futabasha.co.jp（双葉社の書籍・コミックが買えます）
【印刷所】
大日本印刷株式会社
【製本所】
大日本印刷株式会社
【カバー印刷】
株式会社久栄社
【DTP】
株式会社ビーワークス

【フォーマット・デザイン】
日下潤一

ISBN978-4-575-52513-7 C0193
Printed in Japan

双葉文庫　好評既刊

ハーレーじじいの背中

坂井希久子

高校三年生の真理奈は、家族、友人、自分の将来と、いくつもの悩みを抱え煮詰まっていた。そんなある日、母方の祖父の晴じいが、ごついバイクに乗って現れた。自由な祖父に連れ出され、思いがけず二人旅に出るが……。人情ものの名手が涙と笑いに包んで贈る、家族小説の傑作！

639円＋税

双葉文庫　好評既刊

ほろよい読書

織守きょうや
坂井希久子
額賀澪
原田ひ香
柚木麻子

今日も一日よく頑張った自分に、ごほうびの一杯を。酒好きな伯母の秘密をさぐる姪、自宅での果実酒作りにはまる四十路のキャリアウーマン、実家の酒蔵を継ぐことに悩む一人娘……など、今をときめく5名の作家が「お酒」にまつわる人間ドラマを描いた、心うるおす短編小説集。

650円＋税